iHuman

成为更好的人

TANIZAKI JUNICHIRO

异国绮谈

[日] 谷崎润一郎 —— 著
陈龄 —— 译

广西师范大学出版社
·桂林·

异国绮谈
YIGUO QITAN

图书在版编目(CIP)数据

异国绮谈 /(日)谷崎润一郎著;陈龄译. —桂林:广西师范大学出版社,2020.3
(谷崎润一郎作品集)
ISBN 978-7-5598-2529-2

Ⅰ.①异… Ⅱ.①谷…②陈… Ⅲ.①短篇小说-小说集-日本-现代 Ⅳ.①I313.45

中国版本图书馆CIP数据核字(2020)第007773号

广西师范大学出版社出版发行
(广西桂林市五里店路9号 邮政编码:541004)
网址:http://www.bbtpress.com
出版人:黄轩庄
全国新华书店经销
广西民族印刷包装集团有限公司印刷
(南宁市高新区高新三路1号 邮政编码:530007)
开本:787 mm×1 092 mm 1/32
印张:7.25 字数:100千字
2020年3月第1版 2020年3月第1次印刷
印数:0 001~8 000册 定价:45.00元
如发现印装质量问题,影响阅读,请与出版社发行部门联系调换。

在不经意间,我竟与遥远往昔的梦境不期而遇。

目 录

德意志间谍　　001

玄奘三藏　　052

哈桑·罕的妖术　　081

秦淮夜　　131

西湖月　　157

天鹅绒之梦　　182

德意志间谍

以下想谈谈我的友人G——一个奥地利人的事情。

今年二月前后,不料他被怀疑是德意志间谍,名字在东京都内的各家报纸上广为曝光,成为被驱逐出日本的众人之一。可我以为将他一言论定成德意志间谍有不妥之处。至今我也无法想象他会是个德意志间谍。

我大约是在上小学五六年级,也就是十一二岁的时候,开始到筑地一个叫桑玛的异国女人的私塾走读,学习英语。我记得那是我第一次和西洋人接触。之后我到日比谷的府立中学上学,初中四年级时,应该是跟一个叫埃默森的美国老妪学习过practical English[1]。之所以说"应该",是因

---

[1] 实用英语。

为即使耳闻了两年从这位老妪红薄的唇间发出的英国国语，我的 practical English 也一直未见长进。老妪虽年事已高，看起来仍旧年轻漂亮，有着光润细长的手脚。根据在同一所学校教英语的日本老师的评价，这老妪的发音是美国人中最难听明白、最晦涩的那一种。会话稍微复杂一点儿，我就总也听不明白老妪在说什么。尽管如此，我却看到外语水平远不及我，既不懂语法又没有多少单词量，就连 *Readers*[1] 也无法翻译得让人满意的几个劣等生同学，竟也尝试着和老妪自由会话，甚至在课外与之保持着交往，我进而痛感自己先天缺乏说外语的才能，属于没有资格和西洋人接近的那种人。

入高中时，我又备受一个在美国出生的英语老师莫利斯的欺凌。雪上加霜的是，他的发音比埃默森的更难听得懂。他说话极快且晦涩，这并非我一人的偏见，而是同学们的一致看法。再者，他年轻易怒，长着一副 Cubism[2] 画家喜欢描绘的那种等边三角形似的、颇为冷峻清瘦的容貌。学年结束前，他在所有同学中失去了威望，于是我们伙伴之间

---

[1] 即《国民读本》（*National Readers*），19世纪30年代美国流行的英语教科书，19世纪60年代引进日本，用于小学。
[2] 立体派。

甚至掀起了所谓的"排斥莫利斯"运动。不用说，我成了那次运动扇阴风、点鬼火的罪魁祸首之一。我和几个伙伴被选为"排斥委员"，跑到教务处去诉苦。不知是因为我们的运动奏了效还是别的什么，莫利斯那可怜的身影不多久便从高中消失了。之后传闻他在庆应[1]待了一阵，但现在据说回美国去了。除了他，还有一个斯图加特出生的德语老师，也是个年轻人。与莫利斯相反，他是个乖巧又机敏圆滑的青年。他洞察到我们的德语能力非常糟糕，就将发音发得既清楚又缓慢且明确。假如我们还是听不懂，他就用简单的日语进行解释。他对考试分数也宽大得让人惊讶。是说"可是"好呢，还是说"多亏"好呢，反正在他的教鞭之下，我的德语丝毫没有进步。也就是说严格的人也好，温和的人也罢，洋人老师都一一败给了我。阅读方面，我大致可以看懂普通的英文文书，可是依然不会说。除了通过小说，我终究无望接近洋人的生活，愚蠢的是我并不因此感到悲哀。

坦白地说，在那些作为欧美名作家的著作被介绍到日本来的英语书籍中，我当时只喜欢看自己感兴趣的部分小

---

[1] 即庆应义塾，前身"兰学塾"由福泽谕吉在 1858 年创立，1868 年移址改称此名，1890 年设大学部，至 1920 年方改制为大学。

说和戏曲。这些作品与出自我们日本人之手的相比，更具有非常深刻的内容，这一点是可以肯定的。但是除了这些作品，我对西洋并没有心生喜爱。我坚信只要我受到的"西洋"影响仅此而已，就不妨碍自己作为日本的艺术家立身处世。我对西洋的绘画和音乐尤其冷淡。即使是在我们文艺志士之间盛传高更的名字、鼓吹异国情调的时候，我认为作为日本人要想开拓异国情调的艺术，还是应该着眼于中国和印度。

可是，过了两三年，我进入了不得不从这种迂阔的想法中觉醒的时期。我发现在自己胸中燃烧着的对于艺术的痛切渴望，生于当今的日本且待在被日本人围绕的环境中是无法得到满足的。在自己降生的当今这块国土上，不幸的是无法寻找到任何对象以满足自己对于"美"的憧憬。这里没有西欧成熟的文明，也没有南洋强劲的野蛮。我开始对自己的周围产生强烈的contempt[1]感，同时意识到，必须更深刻、更热情地观察这个拥有远比我们伟大的艺术的"西洋"，在那里探求自己所艳羡的"美"的对象。就这样，我骤然被强烈的西洋崇拜热所浸染，在触碰到迄今为止我

---

[1] 轻视。

都漠不关心的彼国的绘画和音乐时，竟也感受到了战栗般的兴奋。单是那类通过原色版和珂罗版的复制而映入眼帘的印象派绘画，比起内容空虚、缺少刺激、全凭手指尖的一点精巧成就的日本画的表现方式，就具有何等坚实严谨的精神和磅礴的气势啊！此外，偶尔经日本人之手演奏的，或是通过留声机才可窥见一斑的彼国音乐，比起催人神倦的亡国三弦之音，异样扭捏消沉、保守肤浅的端呗净琉璃[1]之类，又是在何等坦荡、豪壮地讴歌人生的悲哀与欢喜之情啊！在日本声乐家以工于技巧的造作假声歌咏时，他们又是在何等大胆激情地似鸟如兽般真腔实歌啊！简直喉咙炸裂、胸膛屈挠！与此小国涓涓细流般的纤细的乐器声相反，彼之乐器是何等地如澎湃怒涛之豪宕、似汪洋大海之瑰丽！一旦产生了这些感觉，对欧洲这块孕育了无数让人惊叹的艺术的大陆，以及在那里栖息的优越人种其日常生活的各种情形，我心中顿时涌上了一种遏止不住的欲望，想把这些全部了解透。提起西洋，一切都显得那么美好而让人羡慕起来，我不由得变得像人类敬仰神明一样看待西洋了。我为生在毕竟孕育不出杰出艺术的日本感到悲哀。

---

[1] 和着三弦演唱的小曲、短歌。

如果命运注定降生在日本，我为自己不能以政治家或军人立世，而只能以艺术家立世的不幸感到悲哀。我意识到，对于如今的我来说，只有通过接近西洋哪怕一步，或者与西洋同化，才能开辟出一条自己的艺术之路。

为了满足自己的渴望，何不走一趟西洋呢——不，与其走一趟西洋，不如带着生为彼国人，死为彼国鬼的决心移民，这才是最好的、唯一的方法。可眼下自己的处境，却是为经济拮据、家累牵绊等诸多桎梏所束缚，别说移民了，就连出一趟国也变得不可能了，想到这里，我又不得不抱怨起自己莫大的不幸。（即使和亲兄弟断了缘份，亦或沦为乞丐之身，倘若一定要移民，也未必没有实现的道理。如果自己真的抱有痛切的欲望，自然可以这么去做。我至今仍为自己没有足够的勇气和真诚而感到惭愧。）眼下我可以做的，就是和侨居日本的洋人交朋友，并且逐渐扩大这个交际范围，迫使自己亲近他们的生活，仅此而已。我这个愿望，在日本众多洋气时髦的绅士看来或许再普通不过，实属愚蠢可笑也未可知。可是对于生来不会交际，尤其因为不擅外语而与洋人缘份极浅的我来说，这却是一个颇为新颖奇特的愿望。对哪怕是他们社会日常中司空见惯的事情片断，我也会顿生莫名其妙的崇拜之心，因此这对我来说，确实是一个足以博得同情的愿望。

之所以在此提到 G 氏，是因为他是我在有了这个愿望后结交的第一位洋人，我想把对他的印象记写下来。假使有人看了《德意志间谍》的标题，就想象这是什么 exciting[1] 电影似的小说，那么这位读者一定会失望的吧。G 氏屡屡坦白道："西洋人是很难和日本人打成一片的，和中国人则要性情投合得多。"在这种很难打成一片的日本人中间，我自以为和他处得还算亲密，可即便这样，他也不忘将我当作"日本人"对待。他时常对我既虚伪又狡猾，一边对我说"千万不要让别的日本人知道"，和我一起探索人性的阴暗面，另一边又说什么"谷崎先生是浪荡子"，没少向"别的日本人"背叛我。出于这一点，即使我在报刊上揭露他一点私事，他也无权向我鸣不平。再者，恐怕知道G 是谁的日本人也寥寥无几吧。我需要说明一下，G 是假名，并非用了他的真实姓名的第一个字母。

所谓幻觉，在现实面前多半会被击破。而我最初与洋人交往的体验到底给了自己多少刺激，这随着故事的展开会逐渐明了。将 G 氏介绍给我的是一个叫冈田的男性朋友，我清楚记得那是去年二月前后的事。我在与 G 氏相会之前，

---

[1] 令人兴奋的。

对于 G 氏的资格就颇有不满意的地方了。第一，即使同是洋人，我也尤其希望是位女性，若是男的，希望他尽可能是一个了解现代新思想新艺术、非"俗人"的人。G 氏是否属于这类男性，实在可以打个问号。第二，就我个人对于文艺的兴趣而言，我最喜欢法兰西人，或者可以说偏向拉丁系的人种，而觉得和条顿人[1]——尤其是和德意志人最合不来。G 氏是近缘于德意志的奥地利臣民，这一点多少让我有点沮丧。不过，与上述不满意相反的是，他是一个三十五六岁、年轻快乐的人，看上去非常容易与我们成为朋友；虽不至精通，但他略懂日语；还有，虽说是奥地利臣民，他出生在那不勒斯，母亲是意大利人，对意大利语的熟悉程度不亚于德语，并且通晓法语、英语和土耳其语。这种种事实抵消了我的些许沮丧。加之，我没有一副将自己的 broken[2] 英语泰然说出口的厚脸皮，所以他能说只字片言的日语，又有冈田这个共同的至交的介绍，让我具备了条件，可以放心接近 G 氏。于是，我以求教法语为由，拜访了 G 氏在本乡[3]的住所。

---

1 古代日耳曼人中的一个分支，后世泛指日耳曼人及其后裔。
2 拙劣的。
3 当今东京都文京区的一部分，东京大学之所在。

那是一个非常寒冷的冬天早晨，天空阴沉沉地飘着雪花。我跟在领路的冈田后面，走进森川町的某条小巷。小巷尽头的格子门上，只见用片假名写着G氏名字的门牌，与此并列贴着的是一个日本女性的门牌。我猜想这位女性大概就是这家的主人，而G氏借住在二楼，然而后来我才知道我猜错了。这是一栋新建却简陋粗糙，一走动便会咯吱作响的出租楼，租金最多也就十五来日元。门前泥土地上停靠着自行车，脱鞋的石砖上整齐地放着一双华丽的女式安雪屐[1]，还有一双看样子是G氏穿的高勒皮靴，靴底朝上放在房间的木板地上。冈田从下面喊了一声，这时二楼传来G氏爽朗的一声德语回应："请上楼来。"于是我跟着冈田登上了如同竹子般柔韧的狭窄楼梯。

二楼是没有任何装饰、极煞风景的只有八张榻榻米大小的单间。房间角落的席子上铺着一块板，样子蹩脚的炉子上噼啪地烧着煤，粗大的烟囱从闭塞的房间中弯弯曲曲破墙而出，伸到室外。我立刻看到了在房间中央一张极其破旧的、书生用的桌子前面坐着的G氏。与周围寒碜的装饰相比，唯独G氏的风采显得气派。他看上去三十五六岁，

---

[1] 一种具有防水性能的竹皮屐。

金色的头发剪得稍稍有些短,从脸颊到下巴密布着精心打理过的青苔般浓厚的胡子,鼻子底下留着意大利人模样的八字胡,是一位有着修长体态的绅士。还有优美的额头与衣领,深情柔和的眼神,穿着暗褐色西服的、异常高大优雅的身材……这些都让我感觉不错。我们走进房间,他笑容可掬地站起身来,和冈田握手后冲我一笑。喜欢恶作剧的冈田调戏般地介绍我说:"这人英语、德语,什么语都会。"接着又说道:"Herr Tanizaki, Der berühmte Romanschreiber..."[1]如此云云。我颇感狼狈,红着脸,大声呵斥冈田:"听你胡说!"

幸好 G 氏没把冈田的玩笑当真,用啰啰唆唆的日语打开了话匣子,这样一来我又觉得过意不去。我说:"我用日语说,您要是用英语慢慢儿说,我还是听得明白的。"尽管如此,他还是坚持用日语和我商量教授法语的事情,说什么"你任何时候都要把练习本和你一起带来"。还谈到自己学习外语时的体会和经验,诸如对语法不能太自信,一篇文章拿到手,一遍又一遍地只管背诵就行了,自己就是这么长进的云云。我拿出事先准备好的奥托的 *French*

---

[1] 谷崎先生,著名小说家。

Conversation-Grammar[1]，问这个是否可以当作教材。G氏说："这本书写的东西太多，没必要知道的事也尽写进去了。"他还说与其用这个，不如让他买本更合适的教材给我，买新书浪费，旧书就可以，神田附近的书店就有很多，等等。我曾经听说西洋人很吝啬，看来果然如此。那时凑巧我在向岛临时居住的别墅的主人，并可以称为我的patron[2]的友人浅川也说，如果G氏登门教授德语的话，也想跟着一起学。于是就决定每星期两天，星期二和星期四下午两点来向岛，教授浅川和我两人德语。也就是说，我以非常廉价的月酬就获得了G氏的登门指导。去别墅的路很难认，我说下星期二我先来接他，告诉他怎么坐电车，他却说："不，我有自行车，可以一个人去。"说着G氏拿出东京的街区图，让我们在别墅的地点画上记号。聊了一个半小时左右，冈田和我便出了G氏的家。

第二个星期的星期二，我和从日本桥的主宅过来的浅川两人正等候着，只见原先说好一个人来的G氏在冈田的陪同下，坐电车来了。这样，一间可将庭园景色尽收眼底，有八张榻榻米大小的和式房间被定为了教室。不巧没有课

---

1 《法语会话语法》。
2 赞助人。

桌，于是就在房间的中央放一张紫檀桌，仅有的一把藤椅给G氏，我们准备坐在他的脚边。"不，我不要那东西，我可以跟日本人一样坐着。"说着G氏将椅子挪开，局促地在八端绸坐垫上歪斜着坐下了。最初一小时是浅川学德语，冈田和我就在隔壁的房间边下围棋边隔着隔扇门探听情况。浅川从读中学起就顶讨厌外语，虽说是闲人打发时间，可究竟是什么雅兴让他突生学德语的念头，这对我们来说太滑稽了。浅川穿着纯日本式的，不，应该说是纯德川式的，既持重又潇洒的昂贵衣装，以一种玩世不恭的商人态度，操着一口在日本桥正中央长大的、旧幕府时代老爷子说的那种忒有礼貌的卷舌江户腔，搓着双手，每应答一次就鞠一躬，我们从门缝里瞧着不禁捧腹大笑。"啊，原来是这样。那复数的时候和女人说的时候都用die[1]……""这个呀，说得没错，但是你从现在开始不要考虑语法。"浅川的提问和G氏作答时怪里怪气的日语发音形成了颇为奇妙的对照。

不一会儿轮到我了。G氏说买来了上次约定的教材，便把一本薄薄的 *Reader*[2] 放到了桌子上。著者是谁我忘了，

---

1 德语定冠词。
2 《国民读本》。

但都是在美国出版的读本，编纂的内容对于学英语的学生来说非常容易掌握。他用英语、德语、日语混杂着向我解释，让我反反复复朗读完三页纸的内容随即下课。我从怀里摸出钱包问："教材多少钱？"他笑着摇摇手说："不不，很便宜。"就是不收钱。这多少给人一种习惯了与日本人打交道的感觉。

浅川在这间客厅请我们吃了晚饭。"刺身也好什么也好，日本的东西我都能吃，还会拿筷子。我平时在自己家就是这样的。"G氏看着很自豪地说。其实他暗地里好像腻味日本菜，只稍稍碰了一下筷子，米饭也只吃了一碗，还说讨厌喝茶和喝汽水，一味喝着白开水，强撑着坐在那里，坐麻了又偷偷揉了揉两脚的脚尖。吃罢饭三人开始闲聊起来，当说到当时有个震惊社会的海军受贿事件时，G氏从旁插嘴道："权兵卫说的是谁？"跟他解释是首相他也没弄明白，就说是日本的premier[1]，他却道："premier怎么会受贿？"不管怎么说，不知道首相的名字到底有些过分，我心里想。

跟他学了一个月左右，我们渐渐变得亲密起来。G氏总是称呼他在森川町租的房子叫"bureau"[2]，而他真正的

---

1 首相。
2 办事处。

住宅在大久保，还有一个日本妻子。他每星期的星期六下午到星期天回妻子那里一趟。这么想来，森川町家的女人，就是那个格子门前放着的华丽安雪屐的主人又是谁呢？这样的话题在我们三人之间每每成为疑问。据出入G氏的"bureau"最频繁的冈田说，那人似乎不是女佣人。

话说G氏看上去不像是很有钱的人。按照他杂记本记载的一周时间表，他每天不是从早到晚奔波于各方，就是在自家进行授课。为了出版德语会话书，他一有空就开动打字机，还说最近一半是出于兴趣，一半是为了不时之用，开始自修起速记法了。正如他每当见到我们时，都会像说口头禅似的，告诫我们："你还要再努力地学习，不光语言，什么都得好好儿学。"他当真是个不同寻常地爱学习的人。而且他还是个不吸烟不喝酒，一天三餐大体都吃面包和罐头应付了事的勤俭家。

记得那是我第二次还是第三次跟他学Reader，正巧读本的内容里出现了"基督教"这个词，于是G氏突然压低嗓门，像是有所顾忌地带着一种锐利的目光问我："你相信这个吗？你认为它是真的吗？"正在我犹豫着不知如何回答是好的当儿，他用铅笔急促敲击写着"Christianisme"[1]的地

---

1 基督教。

方说:"这全是谎言,你信这个就是傻瓜。"于是又一如既往地认认真真重复起那句话:"要学习呀!学了以后攒钱哪!"

一天早晨,冈田突然来我住处玩,独自捧腹大笑道:"我刚才去G那里了,我可真是服了那家伙。"一问原委,是这样的——那天早晨冈田有事去森川町找G氏,恰巧在巷子的拐角处撞上了G氏家的女佣人(申明一点,这个女佣人不是那双安雪屐的主人,而是从那以后换了几次,另雇的佣人,冈田和这个女佣人也很熟)。女佣看到他急忙招呼道:"冈田先生、冈田先生,您也许不知道吧,我家主人真是个无情的人,今天早上突然把我给解雇了。"说着懊悔地哭了起来。据女佣说,自从她做了女佣住进G氏家,G氏每晚都威逼她说:"你得听我摆布,答应的话就给你涨十日元工资。"如果回答"不愿意",他就会说:"那十五日元怎么样?"因为他太咄咄逼人了,所以她就随口撒了个谎,坚决回绝说:"其实我是有丈夫的。""要是已经有主了的话,我只好放弃你了。不过,你得给我找个能听任我使唤的人来,带个没有主的女人到我跟前来,拜托你了。"就这样被派了任务。无奈昨晚只好求助中介找了个洋人侍妾暂且伺候他。结果这个洋人女侍从早上就俨然一副女主人的姿态,把那个先来的女人频频当佣人使唤。

更有甚者,刚才那个女人被G氏打发去办事回来,发现格子门上了锁,怎么也打不开,还不断听到从家中传来两人的鄙笑声。"请打开门!"女人央求也没人理会,于是拼命叩门大骂起来,G氏这才出现在门口。"已经没你的事了,你出去吧。"G氏从关着的门后面回答。尽管那女人恳求好歹让她进去一回,G氏也只是摇头说:"不行,不行。"就是不答应。"洋人都是那么势利眼吗?"那女佣抓住冈田咬牙切齿地诉说了一番。

"我听说这些再见到G氏的时候,直觉得滑稽得要命。"冈田说着,笑得前仰后合。

听了这事以后,我开始放心大胆地一有机会就和G氏聊起女人来。"今天我有空,我们一起去哪儿散散步吧。"——这样说着,课后两人就去浅草一带吃西餐或是一起去看电影,边听G氏讲解欧洲风俗边看外国电影也就成了我最热衷的事。《暴君焚城录》《安东尼与克利奥帕特拉》,还有意大利和法兰西的幽婉怪异的侦探剧,都出奇地让我心潮澎湃。胶片上历历展现的端庄整齐得仿佛花圃一般的城市街景、栖身在街中豪华房屋内的妇人们的高贵容姿和华丽衣装——欣赏着眼前的这一切,如同小时候听龙宫和极乐净土的故事时一样,美丽的幻想萦绕在幼小的脑际,有一种自己魂归遥远的梦世界的感觉。而这胶片上显现的梦世界又实非梦境可言，断然不是什么龙宫和极乐世界里那些虚幻楼阁。只要去了遥远的大洋彼岸，踏上这胶片里呈现的欧洲国土，梦世界就会化为美丽的现实，而那实存的世界比龙宫更壮观，比极乐净土更欢乐。电影里浮现出的这个世界不曾拥有的华美建筑、成群结队的天女，分明就耸立在那里的天空中，在那里飘动。那里有鲜活的诗歌、生动的绘画和音乐——同为降生于地球外壳的人类，自己为何以丑陋矮小的体躯来到与他们如此天各一方的边陬僻壤？与其以贵族身份生活在此国，不如作为奴隶成长在彼国更加幸福吧？这样想着，我不禁羡慕起生长在那般美丽的土壤、现在与我并排而坐观赏电影的 G 氏的境遇了。同时，我感到困惑的是：G 氏为何要离开美好的乡土，不远千里来到这世界的犄角旮旯呢？

"你那么想去欧洲啊？再过一两年，我也带着孩子暂时回欧洲去，我和你在巴黎见面吧，你什么时候来欧洲呢？"……

我每每被 G 氏这样问起的时候，心总是充满了痛楚的悲哀。我回应说："就算想去也没有钱，还不知道什么时候能去呢。"G 氏马上否定说："你和我一起去的话，就不需要多少钱了，坐西伯利亚铁道的三等车，到柏林也就六七十日元。到了那里你还能立刻找到合适的工作，生活费和在东京的一样,只要把语言学好了就没问题。"他这样热心地劝导我。"我在柏林学校上学的时候,一个月才花三十日元……"G氏以此话题开始,谈起了自己走南闯北,换了很多工作的经历。他母亲是意大利人,父亲是纯粹的德意志血统,曾在维也纳的专科学院做过教授。他有一个姐姐和一个弟弟。姐姐从前一直是公认的美人儿,现在做了一个奥地利商人的太太。(这位姐姐的照片我后来在G氏的"bureau"里看到过,的确是一个足以让他自豪的美丽妇人,有着优雅的外形、冷峻的眸子、雪一般细腻的臂腕。我对和这位妇人有着同一血脉的G氏生起了敬意。)他呱呱坠地后说的第一种语言是意大利语,在意大利长到七岁,后来随家人一起去了维也纳。那时,父亲屡屡把他叫到炉边,给他讲一些稀奇的东洋诸国的风土人情,还告诉他在遥远亚洲的一角有一个叫"日本"的国家。二十岁前后,他为了当engineer[1]留学柏林的工业学校,毕业后不久就做了海军的轮机员、商船的船员,航行在地中海、黑海沿岸,游历君士坦丁堡、敖德萨、特拉布宗地区的街市与港湾,偶尔也到达中国海地区,其间曾三次遇到船难。这只是他

---

[1] 工程师。

漂泊生涯的开端，结束船员生活以后，他先后去了伦敦，住在巴黎，搬去美国，最后来到了日本。他在这里当各类公司的技师、外语教师、学校教员，地位和职业虽然变更多次，所到之处却也总有个工作可图，未曾因为失业而无法维持生计。"我讨厌安居一地专门从事一种职业，我干过无数种工作，尝试过无数种生活，这也是我的不幸……我就是一只候鸟。"他这么说。在那般 wandering[1] 日子里，最让他感到快乐的是在巴黎的两年，其间他结交了一群年轻画家，还巧遇了这个都市的某个女人，让她成了自己的情妇，两人同居了很长时间。"你这么喜欢法国的话，就去巴黎吧，去了巴黎就了解整个法国了，你知道有句谚语叫'La France est Paris'[2] 吗？……"他又道。

如此谈天的时候，G 氏总是一个惊人的雄辩家，在行人杂沓的大街上，忽而握着我的手，忽而敲着我的肩，忽而又猛然站住脚用身体比划着什么。他用生动的语言喋喋不休地说着，仿佛要让我心领神会才肯罢休。偶尔我对他唱起反调，他就会彻底地针锋相对，直到我说出一个"对"字来。这种时候，我的态度常常暧昧不明，心里纵使有很

---

1 流浪的。
2 法国即巴黎。

多不敢苟同 G 氏的理由，却大抵含糊地应道："是这样啊。"对方明明这么热情，又是自己崇拜的洋人，自己为什么不能更坦荡地、更 frankly[1] 直抒己见呢？或是利用这种机会，多说一些，练习一下自己的外语？（讨论激烈时，G 氏觉得自己日语水平不够，法语又没人听得懂，就大都用英语说。我要是真想强化自己的 practical English 的话，是大有机会的。）我既对他感到抱歉，自己也在干着急，但终究还是贯彻了自己暧昧的态度。对这种"会话"的胆怯，无时不缠绕着我，莫不会让我一生都无法得到亲近洋人的喜悦吧？这种悲哀，此时重又涌上心头，我不能自已。

不管怎么说，G 氏这么快便离开了日本，我当时是始料未及的。虽然他说过再过一两年要带孩子回欧洲，可是看不出他真的要离开日本。一次我问及："你什么时候回西洋？" G 氏还意外地摇摇头回答说："不不，我重新考虑过，我已经厌倦了 wandering life[2]，所以决定不回欧洲了。我有日本妻子和孩子，说不定哪天就归化日本了。"于是我想，只要长期和 G 氏来往，就算不思锐意进取，也会不

---

1 坦率地。
2 流浪生活。

知不觉改掉自己的畏难情绪吧。就像到了国外自然而然就会会话一样，只要自始至终听 G 氏怎么说，自己的外语就能进步——我如此漫不经心地想象着，颇有处之泰然之感。其间我还是尽可能和他频繁往来。别看我不善交际，对他也能出奇地温情相待。一同去看电影或是吃饭的时候大体由我付款，这个既是勤俭家又摸得透日本人的 G 氏则总是表示过意不去，但又鲜少主动上前付账。他一边摆出一种像是在说"你真是个会浪费的人"的神情，一边听任我把他带到哪里。还动辄主动提议："你不想吃点什么吗？"然后让我请客。我虽然明白他很狡猾，但又觉得"洋人就是这样"而没有忘记对他献殷勤。

那年的五月末，G 氏突然语出惊人地说："我要去美国。让妻子待在涩谷，我自己去个把月就回来。"他望着我像是难以启齿似的，辩解说什么"去了美国就能找到赚钱的工作了，日本不景气，我要去那边探探情况"，听那口吻像是一时半会儿回不来的样子。我虽然因为他总是表里不一的言行几乎靠不住而感到些许的不愉快，但想到就连 G 氏也终于忍耐不了日本的萧条了，心里既同情他又觉得不可思议。不甘示弱的 G 氏以前从未对我说过诸如萧条这样的牢骚话："我有很多工作，上我这里来学语言的学生总是有很多,依靠这些收入我可以过得 moderately¹。"这些话像是他的口头禅,让人觉得他日子过得颇为安泰。而其实 G 氏的工作和当初我们刚认识时相比,似乎已是清闲了许多。聚集在他门下的学生不知为什么越来越少,近来仅有一两个中国留学生和两三个年轻博士每周跟他学一两个小时。和我一道师从他的浅川和冈田不知什么时候也中止了学习,渐渐和他疏远起来。这段日子他一个劲儿地带着我游走各处也证实了他生意不好。据冈田说,他的工作每况愈下,是他意外无知的这一事实逐渐被暴露出来的结果。法科和医科的学生拿出稍微专业些的德语原版书请他讲,G 氏竟全然不懂什么意思。看不懂医学书还情有可原,可是对极通俗的法律知识和政治都缺乏兴趣,这着实让人惊讶。以前我另一个朋友,一个姓林的法科大学生,跟 G 氏学英语,在练习会话之余向他提起当时轰动报界的爱尔兰自治问题,他竟然不知道有这样的问题存在。"我对政治一无所知,且不说德意志,英国的政治与我无关。"他就这么敷衍过去了。林说道:"假使是一个在柏林受过教育,毕业于相当于日本高等工业学校的专科院校的绅士,那也显得太没

---

1 不差。

有常识了。"还有这样的风传——"没准儿是个冒牌货呢，好像人格上有瑕疵"。对于文艺，他同样无知。尽管他说过在维也纳及柏林长到二十几岁，在巴黎和青年画家也有来往，可是对于近代的事情，他几乎是白痴。不说霍夫曼斯塔尔[1]、施尼茨勒[2]等人的名字了，我问他："你年轻时看过约瑟夫·凯因茨[3]吗？"他也说"不知道有这个人"。那是什么时候了，他来我家玩，翻开放在桌子上的凯纳-凡·高[4]写的《回忆文森特》，瞪圆了眼睛看着梵高的插画，十分惊讶地说："这到底是什么？这人是因为这个出名的？真可笑啊！"说罢又咂嘴，又"shrugging shoulders"[5]，说喜欢文艺复兴时期佛罗伦萨的画家和左拉、莫泊桑的小说云云。他竟也晓得莫泊桑呢！出乎意料的是，听到莱因哈

---

[1] 胡戈·冯·霍夫曼斯塔尔（Hugo von Hofmannsthal，1874—1929），奥地利印象主义和新浪漫主义的代表作家、诗人、评论家。
[2] 阿图尔·施尼茨勒（Arthur Schnitzler，1862—1931），奥地利小说家、剧作家。新浪漫主义的杰出代表。
[3] 约瑟夫·凯因茨（Joseph Kainz，1858—1910），自然主义戏剧出现以前曾经名噪一时的德意志演员，扮演过莎士比亚、席勒、歌德等作品的主人公。
[4] 伊丽莎白·H. D. 凯纳-凡·高（Elisabeth Huberta Du Quesne-van Gogh，1859—1936），凡·高之妹，所著《回忆文森特》一书成为凡·高死后第一本具有权威意义的凡·高回忆录。
[5] 耸肩。

特[1]的名字时，他指着照片道："此人相当有名。"

露出破绽的不止是他的学问，衣着也是如此。他以前非常讲究整洁，有着虽朴素却不乏潇洒的风采，可是现在渐渐变得穷酸鄙俗起来，有时西服的坎肩和裤子勉强对得上。当初和别人约会很守时间，如今连这点也变得散漫起来。也就是说，G氏根本没把我们这些日本学生放在眼里，于是久而久之便失去了信用和尊敬。

终于离决定去美国的日子还剩下四五天了，我到森川町他的家中和他道别，他正在二楼客厅收拾行李，铺着榻榻米的房间一片狼藉。见到我他竟也忘了忙碌，立刻大声道："我想卖掉自行车和打字机，有人要买吗？"说那是一台非常棒的打字机，还嘎吱嘎吱地操动着让我看。古书和旧杂志也拿出来给了我。我不经意间从他蓝色眼珠深处看到了一抹阴郁和不安，现在终于觉得这位洋人无比可怜。那时我着实感到比起日本人乌黑的眼睛，淡蓝浑浊的西洋人的眼睛更让人萌生一种悲凉。

"我到了美国就去旧金山的博览会，去那里就一定能找到工作，然后赚很多钱再回到日本来。……我至今有

---

1 莱因哈特·舍尔（Reinhard Scheer, 1863—1928），德意志帝国海军上将，曾率领公海舰队参与了历史上最大海战之一的日德兰海战。著有回忆录和自传。

九千多日元存款，从中拿出三千日元存到日本的银行供太太和孩子用。"

他说着从怀里掏出像是学校教师执照一样大小的纸片，那是正金银行的字据，似乎是为了证明他去美国时所带的金额。除了给家人留下的三千日元，G氏竟还有五六千日元的存款。

"要学习呀！学了以后攒钱哪！"总是操着这样的口头禅的G氏在这一点上确实不打诳语。我笑话他的吝啬，带他到处游走，花钱请他吃喝，他却趁此勤于积攒。大概就是从七八年前不再跑船，过起外出打工的流浪生活开始，他就拼命工作，最终积攒了这么多钱吧。总之，我不得不佩服他的旺盛精力，猜想若他凭着这股劲头去美国锐意进取的话，一定能挣一大笔吧。

"上了船和到了美国以后我都会常常给你写信，把很多真事奇事告诉你，你也别忘了给我写信，住处一旦定下，我就通知你。两三年后我一定又能在日本或是哪个国家见到你吧。"

他一如既往地以快活的语气喋喋不休地说着这些。还说："我想找个会法语的洋人替我，遗憾的是没工夫找。"说是两三年后见，可是也不能指望，说不定丢下妻子孩子就再也不回来了——不知为何，我有这种感觉。生于同一时代,两人就此永诀,他将骨头埋在光耀文明的欧洲大地,而我只能孤独地伫留在东方狭小的僻壤,成为这个国度的一抔土,彼此在天各一方中不知不觉地死去。就此分别,就像无法再见百年前的人一样,我再也见不到G氏了。如同"time"[1]将人们分隔那样,"space"[2]将两个人分隔,生离何异于死别。——这样一想,我怀着一种超越与国人分别时的凄楚悲哀,紧紧地握住了G氏的手。

接到何日何时动身的通知,冈田、浅川和我便在那天一大早去新桥的停车场送行,可是不知为何,左等右等也不见G氏出现。等到他应该乘坐的火车出发了,我们开始在候车室发起牢骚,团团转悠,足足有三十分钟。还有人愤然道:"G这个骗子,这家伙要将咱爷儿几个骗到何等地步。"约莫过了一小时,住在大久保的G氏妻子一个人慌忙赶来,看着我们的样子不无怜悯地说:"G今早提前三十分钟就坐火车去了横滨,他让我向大家转达歉意。""什么转达歉意,无礼的家伙!"有人这么说。几个人的愤慨愈加激烈。我心里想:"他果真是个过河拆桥的人。""说

---

1 时间。
2 空间。

是马上回来，可谁知道呢。亲戚三番五次劝我把孩子给他和他了断了罢。"G氏妻子惴惴不安地诉说着。

那之后，至于他什么时候扬帆启航离开横滨，在美国的哪个港口靠岸，好些日子杳无音信。"我会常常给你写信。"——这样的约定当然成了谎言。每当见到冈田，我会时不时提起他。G氏如此狡猾，现在准是找到了一份什么工作在向美国佬吹牛皮呢，我们这样议论着。

就这样过了两个多月，想必G氏已不会有信来了的时候，在七月初旬的某个晚上，我忽然发现自己的桌子上放着一封用欧洲文字写的信。翻开信封的背面，什么地址也没写，果真是G氏的来信。我有些奇怪他到底没有忘了约定，打开信件，"一九一四年、六月 × 日、于火奴鲁鲁"一行字首先跃入眼帘。"不对呀"，我开始犯疑，他这个时候怎么会在夏威夷呢？说不定他最近一直潜伏在国内，直到上个月才离开日本——我怀着疑虑继续将信看完。

之前的信大多是用英文写的，唯独这封用的是德文，细小的文字绵延地排列着。丝毫没有提起分别以后他总体去了哪些地方，最初的两页半纸满是他频频怀念日本的文字。什么日本是自己的第二故乡啦，什么对"东方日出国"的怀念远远胜于对奥地利啦，什么看见美国女人凶暴粗野的样子就会思慕起浅川夫人那样liebenswürdig[1]日本妇人，请向那位妇人带个好啦，什么你的法文一定有长进，连小说什么的都能畅读啦……凡是他对日本和日本人所能想到的恭维话都厚厚地堆砌在了这里。而最后两三行，意思是这样的："这次需要安排下留在日本的妻儿，所以我就突然决定回东京了。现在正在航海途中，于火奴鲁鲁写这封信。从现在开始大概十几天内，我会再次见到你吧。我忘了你的地址，所以托冈田家转送给你。"为了慎重起见，我又查看了一遍信封正面，果然以"c/o Mr．Okada."的形式写着我的名字，而从冈田那里转寄的浮签也略有残缺地钉在上面，想必是G氏离开日本时觉得不会和我再有牵扯，就没有留意记住我的住址吧。可是这下又有事要回东京，想到说不定还会因何事受到我的关照，就匆匆忙忙写了这封信。看完信我立刻打电话给冈田，至少想通过电话向冈田略诉一下对G氏的不满，因为这人太势利眼了。"什么啊？G那家伙早就回到东京了，今早还来我这儿了呢。"冈田用不无惊讶的口气说。"刚才有封从火奴鲁鲁寄来的

---

[1] 和蔼可亲的。

信，看样子信和人是同时到的横滨呢。"我这么一说，冈田突然哈哈大笑起来。"我也收到同样的信哪，太可笑了。那封信貌似从火奴鲁鲁寄出，其实是登陆日本以后突然想起来，才写了投入信箱的。你看看邮戳，都是横滨的邮戳，根本没有火奴鲁鲁的呀。真是个装傻的家伙。"这下我才发现给我的信上也只盖着横滨的邮戳。G氏仿佛以此让我们认为他是坚守了"从国外写信给你"的约定。我越发被他的狡猾和势利惊得无话可说。

过了两三天，他突然出现在我在向岛的寓所。穿着洗褪了色的夏装，深棕色的台湾巴拿马帽[1]下面彰显着一张因长期航海，血色已被晒成了赭色的脸，让人感觉愈加粗俗也愈加富有活力。当接触到他那亲和而又爽朗的嗓音，我竟把不愉快忘得一干二净。"不管怎样，这人跨过太平洋，穿越美国大陆后又回到日本来了。"这样想着，我不由得羡慕起他自由的境遇了。"现在已经到了非常炎热的季节了，你家已经支起稻草拉窗了吗？"

他这么说着，在别墅里头的客厅伸开两腿，拭着额头

---

1 中国台湾一种叫林投的植物做成的帽子，因比真正的巴拿马帽廉价而广销于欧美和日本。日本大正时期曾经流行。

的汗，眺望起绿叶蒸蒸繁茂的宽广庭院来。盛夏阳光最毒的时候，嘈杂的蝉鸣听起来像雨声。"稻草拉窗"应该说的是苇帘子的意思，两个月里他的日语退步惊人。接着他用普通日本人无法理解的表达方式，势不可挡地说开了："我昨天去上野了，参观了大正博览会[1]，和旧金山的比起来简直就像玩具一样。"——就是用这样的口气，他述说着美国的景气如何如何好，最初是坐船登陆西雅图，接着四方游历，后来到了旧金山不知怎么地找到了工作。至于工作，据说就是受博览会事务所雇用，起草或翻译英法德文的信件之类的。"怎么样？赚到钱了吗？"我这样问，只见他眉飞色舞地说：

"赚是赚了，不过赚的钱都花在旅行上了，我在旧金山，一个月五十日元过得相当好，所以要是再待长一点，就会有很多结余。不光是博览会，我所到之处都有工作，在回日本的船上，我教五个日本人英文，又赚了五十日元。我去一趟美国，存款也就少了三十日元，其余花的都是赚的钱，就好像是旅行了一次呢。"

"那你近期还回美国吗？"

---

[1] 1914年3月于东京举办的万国博览会。

"这还不好说。"G氏突然吐字含糊起来，流露出暧昧的眼神。

"我可能还要在日本待半年多吧，得到博览会的工作很走运，不过那只是一时的赚头，博览会一开始，工作就没有了。"他满不在乎地说着和先前的景气极为矛盾的话。总之，他和我的交往从那一天起又活络了起来。

七月末，欧洲战争爆发的时候，我做了去信州的轻井泽避暑一个多月的计划。我下榻的旅馆房间隔壁住着英国大使馆的武官。街上西洋人比日本人还多，他们大体都是比G氏显得更加优雅的男男女女。到了傍晚，刊登在街中十字路口处的英文号外报告着战况，我也常常夹在为了看此报告而猬集的西洋人中伫立观望。某个瞬间我突然发现自己被十来个碧眼金发的白皙的年轻妇人包围着，孤伶伶一个人站在中间。此时我的神经不知为何感受到战栗。胀鼓鼓的看似健壮的肌肉和丰腴洁净的乳房周围，紧紧缠裹着华丽罗裳，从那胸间传来高贵美丽的妇人们的急切喘息，我仿佛迷入了遥远异境的花园，灵魂恰似浸润在具有强烈刺激性的怪奇的 exotic perfume[1] 中，为一种不可名状的、像

---

1 异国香水。

是生命被吮吸继而消失殆尽的不安所侵袭，于是惊慌失措地拨开妇人们，跳出了包围圈。正如一匹野兽被人类圈禁，又如无知的人类被众神围绕，恐惧和胆怯骤然攫住了我。

隔壁的英国武官被即刻召集上了路，四五天之后，我接到了G氏的书信。"我也终于被召集赴大战的战场了，眼下必须立刻回国，可是战争是国与国之间的不和，我是永远热爱日本和日本人民的。一打完仗，如果幸存下来的话，我必定回到日本来，不过我想我一定是会战死的。"他显示出颇为可嘉的决心。我想回复他的信，但又思量时局混乱，恐不能到达他的手上，便作罢了。这样又过了一个星期，照例在那个十字路口的布告板上，贴出了这样的电报消息："Germany gives no answer. Japan declares War."[1] 进攻青岛的战役终于打响了，G氏遂成了敌国人。被抓进了部队，这下没法挣钱了吧，想到这儿，又觉滑稽。

九月我回到了东京。见到冈田，我问他："你去送G氏了吗？"不料冈田又哈哈大笑起来，这样告诉我说："什么呀，那家伙还在东京呢，说倒是被征兵了，可是找不到回国的途径，还是决定留在日本了。不知是真是假……"

---

1 "德国无回应。日方宣战。"

"没有比那家伙的话更容易说变就变的了，再怎么没办法回国，留在敌对国总会感到不安吧。到底想什么时候去美国呢？"

"即使去美国，找工作也不像他说的那么容易吧？现在想想看，他说在博览会挣了钱什么的太奇怪了，要是能挣那么多，不会一两个月就回到日本来的吧。"

冈田的观察似乎准确无误。G氏又在神田的神保町附近租房子设起了一家办事处，开始向少数中国人和医生教授德语，看那架势短期内是不会离开日本了。我一星期去两三次G氏的办事处，到了晚上照旧约他到浅草一带去。

"我能留在日本太幸福了，要是现在在美国的话，一定被拉去打仗了。奥地利于我就像外国一样，根本不足以怀念，那个国家多半会在这次战争中灭亡，我从来都无所谓。……Qingdao[1]是什么地方？比德意志还大吗？"我正纳闷儿他怎么会这么说，只见他从口袋里摸出横滨的英文报纸，指着电报专栏愤愤地说："英国和日本的报纸丝毫都不可信，你看这个，哪儿都写着'German retreat.'[2]，我不认为德意志就这么输了，全都是谎言，真可气！"

---

1 青岛。
2 德国撤兵。

有一天晚上看完电影回去，从雷门散步到浅草桥，谈起战争的事，我说我讨厌德意志，他立刻用流利的英语口若悬河地说起俄罗斯、法兰西和英吉利的坏话。俄罗斯人野蛮、无知且不讲道德，法兰西人奢靡、懒惰且没志气，英吉利人贪婪、好吹牛且完全是商人秉性，不说兵力，就是文学、美术、工业上也远远不及德意志。至于充当英吉利爪牙的日本，一定会上当受骗的。他如此这般骂骂咧咧地说着。我顿觉像他这样机敏、狡猾的人心底竟也潜藏着一片爱国的热诚。"不用说德意志，就连英吉利、法兰西、俄罗斯，真正尊敬日本、爱慕日本的国家，欧洲一个也没有，无论是谁，心底都在嘲笑和鄙视日本呢。相比之下，中国方面还算受到重视。"G氏的话的意思是这样的。在我看来，当晚的G氏显得比较坦率，所以我不得不认真地对待他的这番言说。"欧洲人不把日本人当回事，自己与'西洋'之间总归有一堵永远无法逾越的既高又厚的墙。"想到这里，我再次翻腾起了一股无可适从的悲哀。

那时，我从报纸上得知一个出生于俄罗斯的妖妇在银座后街开了一间形迹可疑的酒吧，顿时产生了无比的好奇心。当时为了撰写某篇创作原稿，我避开来访的客人，闲居在埼玉的某个朋友家里，在那里一看到这则报上的消息，便魂不守舍地扔下笔奔赴东京，就在回来的第二天晚上，随即唆使友人浅川和村山向酒吧进发了。

从写着英文"Russian Bar"[1]的圆形灯笼的招牌下钻过，往里便是走廊了。砰的一声，左边房间的门被猛然打开，伴着粗重的脚步出现在眼前的是一个极其肥硕的，如同怪物一般的四十岁模样的女人。她长着蒜头鼻、大嘴、圆眼睛的凶残的脸上堆着怪模怪样的假笑，推推搡搡地把我们三个人带进了右边的房间。两个比她年轻漂亮的女人立刻从她的背后紧跟着陆续闯了进来。"哈弗，油，安尼，俊克？"[2]个子最高的发出了饶有威势的声音。于是，她们各自举起盛有洋酒的酒杯，朝着在窄小房间的大沙发上坐着的我们三个人的膝盖，猿猴似的齐齐一跳而上。她们中的一个，突然将我摁倒在褥垫上作骑乘势，用裸露的臂膀搂着我的脖子，执拗地向我卖弄风骚，演示性感的娇态。

"哎，该回去了吧？真是荒唐至极，太让我生气了！"

浅川厌恶地望着嬉戏得着了迷的我大声说着。不懂日语的女人们用一种怪异的神情戏弄般地望着浅川。为了躲避她们这种野蛮又赤裸裸的、既不伪装也无羞耻的挑衅般的攻击，浅川愤然伫立在房间一角，眼睛深处充溢着被匪

---

1 俄罗斯酒吧。
2 "Have，you，any，drink？"（大意：来点酒吗？）

夷所思的异国情调压迫般的恐惧。我想这对于在柳桥、新桥一带的茶寮里，玩惯了木偶般的女人的浅川来说，也在情理之中。我从他假装儒雅的狼狈神态中，感觉到了"人类"对于"野兽"的无趣。人类——特别是日本人些微的巧诈，都在他的动作中具现出来了。两个友人都异口同声地攻击我的醉兴，这样约莫二十分钟后，我被友人催促着勉勉强强从沙发上站了起来。

我问："结账是多少钱？"她们中的一个伸出三个手指头，回答道："Three yen。"[1] 啤酒和葡萄酒都是按一杯五十钱算的。

"反正跑到日本来的洋人也就这点本事吧，当地的女人不会像那样吧。我已经够了，对此感兴趣的也只有你了吧。"出了门村山这么说着。

"要是和那样的女人在一起，也有去了西洋的感觉的话，真是经济快捷呀。"浅川也附和着。尽管如此，我还是忘不了那些女人怪奇的嬉戏，在我膝盖上乱舞的巨大臀部，紧搂着我脖子不放的强劲臂力，如同鸟喙一样细腻而精悍的两胫，傲岸而 voluptuous[2] 胸部肌肉，所有这些都将

1　三日元。
2　丰满性感的。

我的大脑因禁于一种"spell"[1]之下。

第二天晚上，趁夜幕还没有完全降临我便独自出门了。三人中看上去最漂亮的女人把我带到了二楼的寝室。这女人除了俄语外，似乎哪个国家的语言都听不懂，而我只要打手势用动作指示她做什么，她就会伸出手，死乞白赖地央求道："Money！ Money！！"[2]前一天晚上在楼下的private room[3]嬉戏的时候，她那种胡搅蛮缠、娇柔谄媚的作态从进寝室的那一刻起就消失得无影无踪，我饱受了她极其冷淡无情的对待，从她慵懒无力的整个身体里仿佛流露出一种轻蔑之情，就像在说："对方是日本人就亲热不起来，只有敲诈勒索他的钱财！"

"如果把G氏带到那里瞧瞧，那些女人会怎么对待他呢？"——我突然生起了这样的好奇心，于是又在某天晚上的九时许招呼朋友林，两人一起把G氏从神保町的办事处邀了出来。

"顺道在哪儿喝上一杯再去吧，不醉不得劲儿啊。"

---

[1] 魅力。
[2] 钱！钱！
[3] 包厢。

林这样说，便去了银座的 Cafe Paulista[1]，但讨厌喝酒的 G 氏一直不碰酒杯。

"哎、哎，使劲儿叫他喝，该把他灌醉才是。"

林在我耳边悄声地说着。G 氏的蓝眼睛里一副若无其事的神色，继而他察觉到了什么，笑着挥挥双手说：

"林先生，这不行，我，酒足够了。"

接着用一种有事相求的语调激情地陈述道：

"你们到底为什么这么喜欢洋女人？你们觉得她们哪点儿好？都是错觉。我还是觉得日本女人温柔热情非常好。日本的女人不美，却是有女人味的女人。我和各色人种的女人都有过关系，我说的是真的，请相信我。"

他就像是求我们似的，热心地陈述着他的意见，对今晚的冒险也显出兴味索然的样子。

"和俄罗斯女人玩一次就够了吧？为了积累经验。不过一次就行了，只今晚一次就止住吧。我真的忠告你们。"

出了 Paulista 之后，他还在不停地说着这些话，又似不得已的样子跟在我俩后面。

我走在前头，毫无顾忌地推开熟知的酒吧的门扉，进

---

1 即圣保罗人咖啡馆，1911 年由移民巴西的水野龙开设，是现今日本最古老的咖啡店。

到了走廊。

"噢，欧洲人！"左边房间里传来异口同声的喜悦欢呼，只见三个女人立刻吧嗒吧嗒跑近G氏将他围了起来。然后她们就像见到翘盼已久的恋人一样，重复着那句："噢，欧洲人！欧洲人！"她们一边牵着他的手，一边抓着他的衣领，设法将他拖入那间"private room"。G氏突然扭转了情绪，寒暄了两三句，便任其引路指点。林和我茫然地跟在他后面。

我俩自始至终被晾在了旁观者的位置上。声称不喝酒的G氏在那间屋子里接二连三地畅饮着，终于醉得满脸通红，将脸贴近她们中的一个，用混浊嘶哑的声音胡乱高歌起来。接着对着一个似乎最懂语言的胖女人，用平易的德语绘声绘色地描述起维也纳的街景来。我以阅读外国叙景小说的心境倾听着他的解说。那个女人佯装一副听懂了的样子，听得入了神，其实却是听之藐藐。

"只有那家伙一人受宠，我们真是扫兴哪！该上二楼卧室作耍一番了。"

林捅捅我的臀部与我商量，我却莫名地胆怯，提不起兴致来。G氏表示不同意："没劲，还是算了吧，这样就足够了，和这群野兽没完没了地胡闹不觉得愚蠢吗？"大肆胡闹一通之后的G氏这么说着。最后林一人支付了高额费用，接近十二点了，三人这才逃离了那里。

回来的路上，G氏再次恳切地试图纠正我的错觉："觉得西洋女人比日本女人出色那是极大的错误，尤其是俄罗斯女人，净是那样野蛮无礼的兽类，那些女人大概都是加利西亚一带出生的吧，加利西亚是恶性梅毒的流行地区，和那些女人做爱是一件很危险的事情。"G氏厉声斥责道。之后过了两三天，他在给我的来信中又如下写道：

...If you allow me to give you a good advice, don't be 'inchiriesna' any more, as it really does not pay. Don't you think that the neat, polite and lovely Japanese nesans are 1000 times better than those uncouth Russian mules？...[1]

首先说明一下，关于信中的"inchiriesna"这个形容词，那天晚上我们请教俄罗斯人英语里的curious用俄语怎么说时，一个女人回答说是inchiriesna。"nesans"是日语的"姐姐"吧。他屡屡像这样将日文混用于英文中，比如"quite

---

1 大意：……请允许我建议你，不要再那么好奇了，因为它真的对你没有好处。你不觉得那些小巧可爱又有礼貌的日本女孩比那些粗鲁的俄罗斯骡子好太多吗？……

enryo naku"[1]之类的就是他好用的说法。

约莫过了一周我去看他的时候,他又恶言俄罗斯人如何不好,一味赞扬日本女人如何如何好。说什么日本女人里戏子和妓女没意思,最好是一般女人。说来到日本以后,自己不知道有多少次和一般的可爱姑娘们堕入情网,之前如何相思相爱,直到现在,迷上他的姑娘还有两三人——我心想"又在天花乱坠说大话了",于是随便酬了几句。"你稍稍瞥一下,今天早晨就有一个姑娘给我写了这封信呢。"说着,他从抽屉里取出一封信给我看。四方形的洋式信封正面用拙劣的片假名写着 G 氏的名字,那实在像个未曾受过教育,没有拿过笔的女人第一次用钢笔写下的文字,信的内容却很精彩,大致的意思是:

"前天晚上在锦辉馆初次见到您的时候,您对我说的亲切话语,使我深感喜悦,至今难以忘怀。想起那天晚上临回去时的温馨的接吻,我就无法抑制对您的思慕和想念。所以,请您在这个星期二的晚上七点之前到锦辉馆前等我……"什么"我想念的想念的叔叔"这样的称呼,必定是妓女或娼妇才会这么写。

---

[1] 非常不客气。

"这恐怕不是出自普通女孩子之手吧,一定是娼妇什么的。你被欺骗了啊。"

我忍住笑这样提醒他,他却执意摇摇头说:

"那不可能,她的确是个普通的女孩子,我对她甜言蜜语,她才会被诱惑的——我以前碰到过很多次这样的女孩子,可是从来没有被骗过钱哪。"

还没等我说拿出证据来,他就开始得意地翻找起抽屉的深处,于是又找出两三封已经拆封的信来。这些信件,虽出自不同女子之手,但都是用一种娼妇的口吻缀成的。如果照实解释信的内容,那就是这些女孩子大约是在偶然的机缘下,在电影院或是公园的长凳上和G氏不期而遇,被他勾搭一番后,就和他约定再会的日期,于是就这样渐渐堕入情网。即使G氏的"从来没有被骗过钱"是一句谎话,他这个西洋人还是有着不轻易上当受骗的吝啬和狡猾,那么他的对手们到底是怎样的一类"女孩子"呢?她们是出于何种目的,策划如此小说一般的情节,和不知习性的西洋人煞费苦心地调情的,我全然不能理解。透过信件想象着这些女孩子,就算她们真是卖淫的,似乎她们的卖淫多少又不同于普通娼妇的类型。我从那些怪异拙劣的信函的字里行间,仿佛感到有一种外国人眼里的日本女子的珍奇和不可理喻在跃动，那里呈现的分明是在日本同胞之间无法看到的日本女子的好色与痴情。这些信件让我感受到了莫大的异国情趣。

"日本女子顺从温柔，叫她怎样就怎样。你看这个。"

说着，G氏又将日记本里夹着的一张照片拿给我看。

"这是我在本乡的时候，亲手给一个姑娘照的。"

他用的是一台非常老式的相机，可是技术还算上乘。这张照片的背景是漆黑的帷幕，全裸的年轻女子单肘支着腮颊，身体横卧着，一副倨傲的样子。女子的相貌虽然丑，却微微耸起左肩，悠然轻蔑的神态中不乏西洋名画里的美女一般的凛凛威仪，体态丰满，肌肤也美丽。我不由发觉，自己迄今为止从未看到过这般卓然秀丽、落落大方，且不含矫饰的日本女子。在日本男人面前那等懦弱、那等伪善、那等卑怯的日本女子，一旦遇到西洋人，为何会产生如此的巨变呢？想到这里我不禁大为惊惧。尽管这样，我还是从这些信函和相片中，获得了一个新发现。

又过了四五天之后，我目击了足以证实这个新发现的真实性的证据——这不，有天晚上我照例约请G氏去散步，坐上从小川町开往浅草的电车。车上乘客很多，我们就抓住靠近驾驶室一侧的吊环站着。我故意背对着他，装着眺望窗外的街景。老实说，在拥挤的车厢内，众人环视之下，和西洋人说话多少有些难为情，更何况这个洋人是穿着破旧的衣服，后脑勺顶着熏黑的礼帽，如同电影里强盗的手下一样形迹可疑的G氏，我也就越发在意旁人的视线了。

"想想G氏变化也大。"我在心里这么嘀咕着。今年二月在森川町第一次见面时，他并不是这样一个粗俗、轻薄的人，可如今服装也好，态度也好，完全沦为了一个流浪汉。我难得交好的第一个西洋人，到头来是这种无聊的男人，这在我看来诚然是件不幸的事……我的思绪随着摇晃的电车驰骋着，忽然注意到身后的G氏在不知不觉之间已和一个陌生女子窃窃私语起来，不无好奇地回头一看，这才发现对方是一个十七八岁的女学生。

"你看大正博览会了吗？"G氏问那个女孩。

"嗯，去参观了。"女孩答道。两人声音都很低，一般的乘客是听不到的。然而，女学生的回答声音虽低，但言语明晰，郑重得让人害怕。言词的拘谨就像在学校的教室里回答老师的问题。衣装不太起眼，但怎么看都是女学生而非女工。

"你觉得博览会什么最有意思？"

"教育馆最有意思。我们学到了很多受益的知识，那儿提高了我们的修养。"

"是嘛，学到了很多知识吗？"G氏显出一副很佩服的样子点头说道。

"是的，受益匪浅，教育馆这地方对于我们学生来说很难得。"

对话就这么结束了。仅仅这一问一答，就让我不禁对这个女学生没羞没臊、不知廉耻的态度和那装傻充愣的口气惊恐万分。也不知是愚钝还是生性耿直或是精于世故，不管怎样，一个妙龄女孩在电车里遇上陌生的男人攀谈，竟如此无羞赧地应酬。大概这个女子不知道站在旁边的我是G氏的同伴吧。并且对方是个西洋男人的这种偶然性才让她变得如此大胆而厚颜吧——我愿意这样解释。也就是说，对方是一个不了解日本的道德习惯，与我们的社会没有直接关联的西洋人的这种意识，一定钝化了女孩平素的羞耻心，让她的心产生了一种变奏吧。就此而言，西洋人对待日本女人是颇有便捷的武器、掌握了关键的。

无独有偶，我俩有一天晚上去"御国座"[1]看电影，后

---

1 位于东京浅草的演剧场。

边长凳上坐着两个年轻女子,其中一个不停地问我:"现在几点钟?"因为口气听起来不礼貌,我装作没听见,等到她第三次问,G氏便缓缓拿出怀表告诉她时间,之后两人低声私语了一两回,女子像是在请求G氏解释西洋电影的故事情节。不久电影散场了,出"御国座"走了两三町[1],G氏竟心神不定起来。

听到我问:"去哪儿喝杯咖啡再去散散步,怎么样?"他越发狼狈却又不以为然地停下脚步说:

"你还想散步啊?都几点了?"

"你有什么事吗?马上回神田吗?"

"嗯,有点儿……事情。"

"那就不去散步了吧,你坐什么电车?"

"你记得刚才的女子吧……"他不回答我,突然如此这般说起来,"看电影的工夫,我和那个女子亲热起来,于是就约定今天晚上见面,她在'御国座'前面等我,你一点儿也没察觉吗?"

我完全没有察觉到,听说话女子应该是个娼妇,尽管

---

[1] 1町约109米长。

如此，我还是不得不为G氏的机敏感到惊讶。

六区的下等娼妇出入于杂技棚，用奇怪的方式招揽客人，这已成为公园晚间一个不可思议的秘密，屡屡传入我的耳中。即使是卖淫，假使以一种偶然的机会接近我挑逗我，或许我会动心。然而不幸的是，我从未遇到这种情况，多半是因为娼妇觉得对我不适合耍弄这样的花招，便敬而远之吧。她们的目标不是那种一眼就能看出是老实巴交、涉世未深的孩儿家，就是刚来的乡下佬。G氏幸好是个西洋人，被选作了她们编写的把戏中的演员——美男子的角色。不轻易对我公开的公园夜晚的秘密，对他却是随意公开的。

对于G氏，还有很多其他想说的话题。"御国座"事件以后，直到他被驱逐出日本的一两个月间，正是我俩交际最为亲密的时期，我们一起去十二阶[1]的后面探险，也曾有过嫖娼时的奇谈。其他还有很多值得回忆的事情，可惜足以描写的题材大都已经忘记，因此无法叙述得很充分。我没料到事到如今我会写一些有关G氏的事情，因此信件

---

1 又名"浅草十二阶""凌云阁"，明治至大正末期矗立在东京浅草的十二层的塔楼，为当时浅草的标志性建筑，今已不存。塔下一带的铭酒屋街，为暗娼的渊薮。

之类大多也丢失了。尤其英语信件里的拼写和语法多处有误，还有内容相当奇特的……

至今难忘的，是他去美国时在旧金山结识的一个名叫瑞安的、招徕电影客的先生。这个爱酗酒、游手好闲、夸大妄想的美国人瑞安，揪住自己的兄弟、老婆、公寓的老板娘还有 G 氏絮絮叨叨地说醉话，又是找碴儿吵架，又是讨钱，末了就哭着和人扭打在一起。G 氏多次将这样的情景以巧妙的动作和手势说给我听。听着这些，感觉和当前在日本也很走红的美国演员查理·卓别林的喜剧电影颇为相似。如有可能，我想在这里将 G 氏说的话，原封不动地转达，可是他说这些的时候总是全用英语，以瑞安为主的登场人物的台词和表情又极有临场感，改成日文就索然无趣了，我对所用的台词也缺乏确实的记忆，所以也就无法用英语记录下来。总而言之，瑞安的故事可以称为一个出色的西洋单口相声，简直有柳家小的《骆驼》[1]一样的妙味。

他被驱逐的一个月以前，一群德意志人和奥地利人因有间谍嫌疑被驱逐出境，那时他狠狠地大骂道："是被驱

---

1 柳家小（1857—1930），日本落语家，本名丰岛银之助。《骆驼》，古典落语的演出节目，"骆驼"为主人公的绰号。

赶的人不检点，受到敌对国的关照，还一味装出一副爱国者的姿态对抗官宪，说英国、法国的坏话，不把日本人放在眼里，就算不是间谍也会被当作间谍。总之，那是一群心胸狭窄、智商低下的家伙。"有迹象表明警察去调查了他的办事处，趁他不在时还搜查了他的宅邸，他却丝毫不加反抗，事事都能应付有方，恳切细致地给予解释，所以警官对他也是信任有加，如此云云。我曾经也对他深信不疑。

其后不久，G氏被作为间谍责令出境的消息便出现在报纸上。当然不用说我，我的朋友知道G氏的都不相信他是间谍，大家推测是为了便于清除敌国人，出于警戒才让G氏这样的流浪汉离开的，他或许是因为其他间谍被无辜卷入其中的。不过G氏那时候像是预感到了什么，突然断绝了和我的联系，并且在我因腹泻卧床的十天里，于横滨坐船再次去了美国。"你可能已从报纸上获悉，我这次又不能不离开日本了，此后我决定去美国，等战争一结束我就再回到日本来。日本有我的妻子和孩子，日本是值得爱和怀念的国土。等到了美国，我一定给你写信。"这张明信片送到了我的病床枕边，可是，其后照例杳无音信。

有关G氏的故事就此搁笔，他是个意外地无趣的人，让我这个喜欢洋人的人屡屡失望。不过，我也不能否认，因为他，我对洋人的事情确实大长见识。因而，我应该感谢他。

现在觉得有一件事很可悲，我和G氏交往的时候，我安慰自己总有一天能够精通外语，可是，低三下四无所指望的我，也因为他的突然离去而没能达到目的。虽说G氏离奇古怪的日语给我带来了不利，可与其说我是痛恨G氏，不如说是悔恨自己窝囊没出息。是因为有时他对我说外语，我没有顺势应对，他才不得已说出那口生硬的日语来的。

"钻研学问和战斗是一样的，两者都好像勇气似的。"——他常常说出这种莫名其妙的日语，每当这时候，我就会忍住不让自己笑出来，然而，觉得可笑的自己正是那种意志极其薄弱、不具有"勇气似的"那种人。跟他学法语，单词背了不少，可是一句话都不会说。什么时候我才能学会真正用得上的外语呢？如此这般懦弱和胆怯，难道终究让我永远无法接近那可爱又眷恋的西洋吗？……

我在写这个故事的过程中，一直相信G氏不是德意志间谍，然而最近看到报上说，近日在冈山地区，某个日本人因为卖国嫌疑被抓捕，此人竟然与G氏暗地里保持着联络，并且被发现直到G氏被驱逐出境后都和他有书信往来。假如这个报道属实，看来G氏确有可能是德意志间谍。如果真是这样,我们就是被他不折不扣地欺骗了一番,而这种没让我们起丝毫疑心的伎俩,实在很了不起。最后特此附记。

大正四年[1] 十月作

1　1915年。

玄奘三藏

O Agni, overcome our enemies and our calamities;

Drive away all disease and the Rakshasas—

Send down abundance of waters

From the ocean of the sky.

Rigveda, X, 98. 12.[1]

那时正值西历六百三十五年五月之初。根据天竺历，正是漫长的盛夏季节临近尾声，就要进入阴郁的雨季之

---

[1] 出自《梨俱吠陀》第十卷第九十八篇。大意为：阿耆尼兮，克敌消灾；除一切病，灭诸罗刹，自于高穹，昊天有海，降之大水，其也滂沛。

时。正当安颜沙荼月[1]下旬的某天下午，在属于今天印度United Provinces[2]的秣底补罗国的殑伽河[3]岸边，有一个往摩裕罗城方向行走的僧侣。他不时在街道的民家门口停住脚步，捧着托钵，摇着铃，口中念唱着大概是什么梵语经文。他那发音有一种特殊的腔调，当地人是不容易听明白的。不过，从他身着佛教徒的袈裟和偏衫这副打扮看，可以推测出他是沙门中的一个。但无论是容貌也好，风采也好，态度也罢，都是在这一带很少遇见的人种。这个大体上好事闲人较多的村落里，众多孩子，还有五六个大人，总是好奇地围在他的前后，在烈日炎炎的河滩路上，不厌其烦地跟随着他。

说起印度的夏末，古今一样，是一年中最难忍受、最酷热的时节。女神比里底毗支配的大地的表层，被旱魃的恶魔弗栗多所征服，天地山川悉皆干涸，人兽草木战栗于饥渴的威胁之下，巴望着雨云之神波罗阇尼耶早日到来。从远处喜马拉雅的深山里，如同大海般潮涌而来的"神圣的恒河"，平日河面波浪起伏，多有四公里宽，可如今就

1　当公历6至7月。
2　联合省，英属印度时期的行政区域之一。
3　即恒河。

连它也处处呈露出丑陋的河床，涓涓细流宛若流淌在脸颊上的眼泪潺湲而落。正午前后的太阳，恰如"金发飘舞，凌驾于七匹马拉的黄金战车"的苏利耶神[1]那般，在一碧如洗的晴空中燊然燃烧，焦干的马路上，除了刚才那僧侣的行列扬着尘沙干巴巴地行走之外，再看不到一个有动静的人了。

不过，随着僧侣接踵而来的人却越来越多了。他们通过的道路边上，既有倒在葱郁的榕树树荫里的朝圣者，也有倚靠在灰泥墙上昏昏欲睡的百姓，还有将脚浸泡在河滩的水中消暑的饲牛人，总之在此酷热的天候里，不知怎么打发慵懒身体的人儿，在不知不觉中接二连三地加入了行列，其中还有狐疑地打量着僧侣的面孔和肤色，然后又交头接耳的家伙。

"这和尚究竟是从哪里来的？好像从来没有见过这模样的啊……"这么议论的时候，一个人皱起眉头，另一个人也跟着点点头，显示出一种无法释然的眼神。接着，也有什么"那多半是乞丐吧""野蛮人吧"之类的不同见解在人群中传扬开来，末了，村民们一边只顾作着肆无忌惮的高调评论，一边络绎不绝地结队而行。

---

[1] 太阳神。

虽说面对着盛夏的骄阳，他们中的大多数的穿着却近似裸体，白底木棉的、茶色麻布的，细长的布料从躯干围至腰间，先在胁下打个结，然后将剩余的部分搭在右肩上。他们看上去大都像贫苦的戍陀罗贱民，炎天之下鞋也不穿，赤脚缓慢地行走着，也似乎并不觉得痛苦。还有，颇为滑稽的是，所谓的大人们都在鼻子下面留着一撮儿威严的胡须，现出一副煞有介事的表情。从容貌上判断，他们俨然是仙人或是行者。

话说那位僧侣，行到一公里多处时，叹了口气，气喘吁吁地擦了擦额角的汗站住了。他恐怕对这一带的路不熟悉吧，好一会儿，仰头看看天上的太阳，又望望远处的殑伽河，还不时回望走过的路，似乎在确定方向。这时，在他四周围成圆圈的人群中，一个少年毫不客气地跑近了僧侣的身旁。

"和尚，你是从哪里来的？"

这个少年发问的同时，在场的人们将黝黑脸上长着的陶瓷般洁白的眼珠子一齐集中到了那僧侣的身上。

"我呀，是脂那人，从今年春天开始来此国逗留。"僧侣这样回答着，亲切地笑了起来。从近处看，肤色虽然不同，可人格并不卑微，是一个三十一二岁的强健的法师。被太阳曝晒的褐色两颊圆鼓鼓的，宽阔额头下面又长又浓的眉毛的暗处，瞳孔闪烁着异样犀利而又温煦慈蔼的光。

少年对于"脂那"这个词摸不着头脑，稍稍畏缩了片刻之后，又像是寻求援助似的巡视了一圈众人。可是不凑巧，麇集的村民里没有一个人知道"脂那"是什么。

"脂那这个地方，没怎么听说过呀。"一个老人不解地说。

"那是什么呀？你是那个脂那的刹帝利还是吠奢呢？"如此粗鲁发问的，是一个农民模样的血气方刚的青年。

这下倒是僧侣露出稍稍畏缩的样子，说道："没错——"又略加思索道："我出生在脂那的一个官吏家庭，但不是什么刹帝利，我就是你们看到的佛弟子。"

僧侣被群聚的人们包围着，进行这些一问一答的地点，正好是村尽头街道上一户住家的前面。那里环绕着低矮竹子的篱笆墙，蔷薇、百合、莲花盛开的院子的地面上，看似涂满了那"清净的牛粪"，让人作呕的恶臭与花的香味一起，如阳炎般袅袅上升。院子对面反射着太阳光的石灰白壁上镶着小窗，而正巧只有那小窗的地方被苍郁的羯布罗香[1]的树干遮蔽着。僧侣和村民的对答声几乎传到了家中

---

[1] 即羯布罗香树，又称油树，珍贵用材树种。从树脂提出的油，可作调香剂，亦可药用。分布于我国云南、西藏，并见于巴基斯坦、印度等地。

吧，一个女子忽然从窗户探出脸，先是偷看着外面的情形，不久像是想起了什么，从对着大街的窗户中探出脖子，恭敬地招呼道：

"喂、喂。"

可是声音太低了，没有人注意到，直到那时还在女子头顶上方的屋顶瓦上停止不动的一只孔雀，翩然降落到地面，刚刚走到马路对过去了。

"喂、喂。"

当她又喊了一遍的时候，人们这才把视线投向那里。女子的年龄在十八到二十岁之间，透过轻薄的橘黄色憍奢耶衣[1]，可以看到两只纤弱的手腕，戴着水百合的手镯，浅黄色滑腻的肌肤上，涂满了芬芳的郁金香。不知是因为炎热脸上泛起了红潮，还是因为被众人看到而感到害羞，她李子一般红的可爱耳朵上摇曳着绿色的玉坠——

"那个，也许很没礼貌，我想把这个献给您，这只是我的一点心意……"

她这样说着，露出一排染红了的牙齿，笑盈盈地等待僧侣的应答。她把胳膊支在窗框上，双手殷勤地捧着的莲

---

[1] 即以野蚕丝所做的衣服。又意译为"虫衣""蚕衣"。

蓬里，高高堆满了葡萄干、巴旦木和芒果。

僧侣对她的礼物感到惊奇，也很高兴，因为自从他来到这个地方，尽管在家家户户门前诵经，可是很少有人布施喜舍。于是他恭敬地从女子手中接过果物，取出那本经文，开始三言两语念起来。

"不不，不敢当呀。"

女子立刻狼狈起来，做出谢绝的手势。

"我家里，我父亲、母亲都是皈依毗湿奴神[1]的，家族里只有我瞒着他们偷偷信佛，所以我才悄悄给您供奉的。要是听见了您诵经，我父亲不仅会骂我，还会让您也受到羞辱，请您原谅我有失礼节。"

她小心翼翼地喃喃细语道。长长睫毛下大大的黑眼珠里满含着虔诚和谢罪之情，庄重地微微点着头。

"尽管如此，这个和尚从那个女子那里得到布施真是意想不到的收获啊，我们村里，要说佛教信徒可是没有第二个呀。"

人群中不知谁嘲讽似的说着，其他人也嗤笑起来。

夹在女子的恩惠和村民的轻蔑之间左右为难的僧侣，

---

[1] 毗湿奴：印度教三相神之一，被视为众生的保护之神，其他二神是主管创造的梵天和主掌毁灭的湿婆。

正要继续举步前行，发现前方十来米，临着河水的无忧树的树枝下，有一个端然打坐的行者模样的男人。那男人忽然睁开眼睛环顾四周，一见到僧侣，恰似猫见到了狗，张大鼻孔，现出凶狠险恶的目光。"喂、喂。"他喊道，并大步追赶上来。

"你这是要到哪里去？"行者稍微扭过身子，用傲慢的口气问道。

"我将要去摩裕罗城，是不是还有一段道程呢？"

"摩裕罗城就在那边儿，可你这是去干什么呢？"

这么说着，行者昂然抄着双手，挺起胸脯逼问起来。那大个头男人看上去身高足有一米八，骨骼健壮、肌肉发达，手脚涂满了草灰，看样子是个所谓"涂灰外道"[1]的信徒。沾满头皮屑的卷发蓬乱地披到肩上，从眉间的中央往额头上方，用刺眼的红与白的颜料，画着三条如同演员勾画脸谱的线条。

"我不是为了什么特别的目的去的，我第一次来这里旅行，只想随处走走，回去好有个谈论的话题。"

僧侣已然有些面露难色，表示了尽可能避免冲突的态

---

1 全身涂灰，苦行以求升天。

度，可是对方仍然不依不饶。

"哦，是这样啊。"他轻轻点头说，"不过，你不知道那里有一座漂亮的湿婆寺吗？即使到了摩裕罗城，也没有一处可以拜佛的寺院，你要有心理准备啊。如果你是想得到施舍，我告诉你，你就别指望了。"

"啊，那多谢你了。"

比起行者的话，他的风采更能让僧侣提起兴趣，刚才一直对对方察言观色的僧侣终于忍不住了，问道：

"敝人一向才疏学浅，实属惭愧。我想冒昧问一下，那个，你的眉宇间画的是什么印记呢？"他过于谦逊的口气，反倒让人觉得有几分揶揄。而行者却得意起来，骄傲地耸耸肩说：

"什么？你连这个都不知道啊？真愚蠢啊！"

他仰天哈哈大笑，然后立刻显出一副神气十足的表情，直指着额头正中央的鲜红的红线道：

"这条红线是毗湿奴神，右边的白线是湿婆神，左边的这条白的是梵天神。——这下知道了吧？也就是说，脑门儿上这三条线分别代表着宇宙的创造者、支配者和破坏者，象征着三位一体的众神。"

"也就是说，您是那些神的信徒，对吗？"

"是的，我一生的愿望就是用我的力量，建造这些神的祠堂，做那里的神官。所以，从今年的新年开始，我每天白天就在这条大路上打坐，行着无言戒律直到今天。可是，至今没有筹到建寺的香资，我有时很感悲哀。好像这个村子太贫穷了，正琢磨明天是不是到别处去看看呢。"

不知不觉，行者的声音变得细弱起来。他一边哀怨地发着牢骚，一边又向聚集过来的围观者指桑骂槐地说着刁难的话。那样子让僧侣觉得又可怜又可笑。

"还是你去摩裕罗城更合适吧？我听人说，那里有很多有钱人呢。"

僧侣这样安慰道。行者像是喝了苦水一般颦蹙着面孔，摇摇头：

"唉，还是别去摩裕罗城了，那里有很多比我更了不起的行者，我就是行无言戒律，也只有半天的工夫，那里却不知有多少从早到晚不说一句话的修行人呢。你要是现在去湿婆寺参谒的话，顺便去看看礼拜堂东边回廊的第五根柱子下面的行者。那个神仙不知是从什么时候开始修行的，十年前，我第一次去那个寺院的时候他就在那儿，说是到今天也没说过一句话。那样的行者多得是，像我这样初出茅庐的人，上那儿去也不会有支持我的信徒。不过，那个神仙大体是攒了不少钱吧。"

行者不无艳羡地说完，失望地叹了口气，随即将大家撂在一边儿，又漫无目的地迈出了蹒跚的步履。

恒河东岸，摩裕罗城的城墙蜿蜒连绵，不多时它便出现在了行路僧人的面前。长夏的太阳尚不易见西斜的迹象，城门对面宛若全景立体画一般耸立的寺院的塔顶，在阳光的簇拥下耀眼夺目，竟能让人怀疑是否天空从那里燃烧起来。僧人耐不住这可怕的大地的反射，时而因感到眩晕而停下步子，揩拭渗到眼睛里的汗水。

"哎，和尚，你看那个。那边儿来了个奇怪的人呐。"

来到离城墙入口还有百米左右的地方，跟在后面的孩子这样嚷着提醒僧人注意。

"噢，那是什么呀？"

僧人惊讶地睁大了眼睛，不禁喃喃自语起来。正好在他行走的大道尽头的城门后，一个四肢着地的裸体男人，将腹部紧贴着灼热的地面，拼命往这边儿匍匐而来。谁见了大概都会以为他是因为这暑气突然患了什么病，可是从病人的动作上看，似乎并没有什么痛苦的地方。那男人将额头、胸、两手、膝盖、脚尖紧紧地蹭在沾满灰尘的大路上，恰如蛇爬行一般，一点点地，又是执着地、使劲地往前进。僧人走近他的时候，他已经离开城门几米远的距离了。

"喂喂，您是不是身体哪儿不好啊？"

僧人先这么发问，然后俯视着那人沐浴在日光中如同清漆一般发亮的脊背。不管是肩膀还是臀部，瘦弱的皮肉下面现出的相对粗壮结实的关节，都在可怜地蠕动着，似乎要撑破皮肤。肋骨也似幼虫般蠕蠕而动，每每艰难地"哈、哈"喘一口气，肚皮就向着脊柱一方凹陷。加上爬到这里的途中，身体几经树根和岩石的刮蹭，手脚的指甲几乎全部脱落，膝盖和腋下到处布满了擦伤的痕迹。

"不、不，我身体哪儿都不坏。"

那男的抬起癫狂的眼睛，凄苦地歪着嘴唇说：

"我为什么这样在路上匍匐前进，你一定是无法知道的。我常常被过往的行人当作病人或疯子，这让我很不痛快，但像你这种站着走路的人，未必就比我这样俯伏在地上的人幸福多少，我决不需要你的同情。"

说罢，他倔强地正要继续匍匐前行，最后还是被僧人叫住了。

"可是到底为了什么，又是从什么时候起，您开始这样爬行的呢？请您告诉我其中的理由。就像您看到的，我是外国人，五六年前离开故乡，来到天竺国云游，我这个沙门至今从未见过像您这样艰难修行的圣人，如果不介意的话，请您说出个中因缘。"

那男人听到僧人尊称自己为圣人，措辞又很谦虚，多少舒缓了下来，拖着地上污秽的胡须，拭掉额上的泥垢说：

"你说你五六年前离开故乡,而我离开自己的家乡已经快三十年了。我的家乡在南天竺一个叫珠利耶国的地方,从那里到摩裕罗城,爬了迢迢一万里的路才来到这里。我出发的时候有爱妻,自己也还是个年轻小伙,可是现在已经变成了五十三岁的老人了。"

"那您准备继续您艰难的旅行到何时?您下面要去哪儿?"僧人追问了下去。

"我是为了到天上去,才这样在地上爬的。"

他一语道破后,用一种不像是疲倦了的人的有力声音雄浑有力地述说起来。

"我是天父特尤斯的信徒,嗯——依靠父神因陀罗的恩惠,顺利成就艰难的修行之时,方可离开秽土,向着天上的净土飞升。我不知道自己还要行几百里乃至几千里的路途才能成就大愿。幸好我已经行过了一半的路程,这前面就是险峻的喜马拉雅山。我这被恒河河滩的沙石烧得焦烂的躯体,不久就会被那山中千年的积雪所冷却,而后,我就会爬到那个从前尤迪斯特拉王升天的须弥山顶,腾云驾雾,一蹬脚飞到天宫去。"

这样说着,他仿佛已经沉醉在自己话语的庄严里,眼神恍惚地望着横亘在平原彼方遥远连绵的山影。

一直凝神倾听的僧人,脸上最初泛着的对卑微迷信的怜悯之情，急遽变成了一种既恐惧又尊敬的神色。

"自己当然不会相信这个男人信奉的天神，但是谁又能对他那热烈的渴仰、坚强的意志报以冷嘲热讽呢？"僧人这样思忖着。

"我是说你为什么要发那样的大愿呢？想必一定有什么原因吧。"

"我发心的理由，应该让你明白。看上去你好像是佛弟子……"

行者如同将身子横在岩礁上的海豹一样伸着脖子，仰视着僧人的身影焦虑地说：

"你大概知道出生在净饭王[1]家的悉达太子是因为什么逃出迦毗罗城的吧？就像你皈依的释迦牟尼佛一样，我也曾是珠利耶国的王族，出生后不久便感到世间的无常和瞬息万变，地上所有人的命运，都承受着无尽的烦恼和苦痛的咒愿，这就是从古到今很多圣贤不得不感悟的真理。而我有幸让自己的心和这些圣贤一样，从无明的梦中醒来，我很感恩。现在我为使自己的灵魂清静，使所有罪孽的根源断绝，这样虐待我的肉体，同时也是要以这苦修苦行的

---

1 释迦牟尼之父，中印度迦毗罗卫国国王。

身样,告诉世间的众生,人间的苦患是多么的顽固而凄惨。如果你们之中,有一个人认为我可怜,那他就是应该被怜悯的人。就像背负着重荷,习惯走在沙漠间的骆驼不会怨恨自己的境遇一样,你们只是还没有意识到自己造下的宿业[1]罢了。"

他至今一到这种时候,就屡屡试图说教,话说得越发得意忘形,就像街头叫卖的商人那样用一种熟练的口吻,加以抑扬顿挫,雄辩滔滔,以至于一时对他怀抱敬意的僧人,感到似乎中途半道被捉弄了一番。

"哎呀,谢谢您对我说这些。我祝愿您能早日顺利爬到须弥山顶,成就大愿。"

尽管这样,他还是用一种安慰的语气抚摸着行者的肩膀说。

"你听懂我说的话了吧,懂了就没事了。"

行者这样说着,从容不迫地伏面朝下,又缓缓挪动起身体来。可能是因为说多了口干,径直爬到河滩的地方,好像鳄鱼捕获饵食一般,用流水润泽着舌头。

"等到何时那个男人才能登上喜马拉雅山呢?"——

---

[1] 佛教语。作为现世报应之原因的前世行为。

僧人将他和背井离乡，放浪于数万里外的异国他乡的自己作了个比较。尽管是为了佛法，但是自己忤逆太宗皇帝的敕谕，冒犯禁令，擅自出奔国外，显然是违背国法的罪人。等到何时自己还能活着，再次眺望那京都长安的月亮也未可知呢。但是，自己为了弘法而尝受的辛苦，和那个男人的艰辛比起来，又是何其安乐、何其轻易啊。倘若自己对那个男人可鄙的迷信和暗愚产生怜悯，自己就必须具有不逊于那男人的勇气和热情。这样思量着，僧人顿时有了力量，将漂泊之旅的烦恼和悲伤暂且丢到了脑后。他继而仰望炎天的烈日，走进了摩裕罗的城门。

Rich in royal worth and valour, rich in holy Vedic lore,
Dasa-ratha ruled his empire in the happy days of yore,

Loved of men in fair Ayodhya, sprung of ancient Solar Race,
Royal *rishi* in his duty, saintly *rishi* in his grace,

Great as Indra in his prowess, bounteous as Kuvera kind,
Dauntless deeds subdued his foemen, lofty faith subdued

his mind!¹

当如此美丽的《罗摩衍那》歌谣像掠过池面莲花的风儿,平和舒缓地在僧人的耳际回荡时,他正走到庄严的摩裕罗大街中的某条巷子。庵没罗²绿林里百舌鸟的啁啾,打破了烈日之下街道的空寂,听起来清新爽朗。僧人时不时在大街上停下脚步,望着声音传出的方向。当他徘徊着走到前方一两百米的十字路口时,竟看到一位尼姑在朗诵诗歌。尼姑年龄在三十岁左右,道旁设置的坛上铺着虎皮垫子,女人端坐在上面,闭合着眼睛。沉潜于诵诗的女人的容颜像是睡着了似的安详、宁静。看来被她的声音吸引而来的不只是僧人,在这座殷赈的城里,身着清洁薄纱的优雅男女,已经聚集了四五十人,围绕在坛前坛后。不过,最沉醉在她的声音里的还是女人自己吧。有着鲜明轮廓的眉宇之间,尽情流露出如痴如醉的表情,随着旋律的变化,微微颤动

---

1 出自《罗摩衍那》第一篇第六章,季羡林译:"在这一座阿逾陀城里,/有个国王通吠陀,一切具备,/他有远见,又有大威力,/为城乡人民爱戴敬畏。/甘蔗王朝的英雄,/虔诚、守德又武勇,/宛如一个大仙人,/这王仙在三界扬名。/英武有力,杀死一切敌人,/朋友众多,能把感官控制,/他有很多很多钱财宝货,/可以媲美财神爷和帝释天。"
2 又称"庵摩罗",即芒果,佛典中美味的代表。

的两颊肌肉胜过那美丽的诗歌，使众人陶醉其中。

"啊……"

她在吟诵了一段后停下，仿佛从念咒中解放出来。每当她睁开那双水灵灵的眼眸，众人便会这般唏嘘赞叹。这时，有个人恭恭敬敬来到坛前，将供品献于她的脚下，争先恐后的人们进而紧随其后，不一会儿，珍珠宝贝、金银货币都在那里高高地堆起。

出生在外国的僧侣自然听不懂诗歌的意思，但他在人群中，凝神倾听了良久，那隐藏在美丽歌声里的情调，竟也渐渐地悄然在胸中产生共鸣。自己迄今未能察觉的印度这个国家的尊贵的秘密——这个国家的自然和民族之间，从远古时代绵绵流传至今的某种幽微玄妙的观念，顺着尼姑口唇中朗朗溢出的梵语诗句，在自己心中隐约浮现。

屏着呼吸入神般地听着尼姑再次高歌的人群里，能够看见有人如同在祈祷般合掌，有人仿佛沉醉在甘蔗酒的芬芳中俯首，更有人的眼神如同凝视着虚空中飘浮的幻影，善男信女千姿百态。顷刻间，尼姑的歌声戛然而止，休息的时间到了，他们这才像是得到允许般地骚动起来。

先前一直等着歌声停止的僧人，此时不知在想什么，他拍着坐在自己前面的一个老人的肩膀，轻轻喊了两三声：

"老人家、老人家。"

老人半蹲半跪着双手合十,抵着下巴,仿佛魂牵梦萦于尼姑的歌声中,听到僧人叫自己,木雕像般一动不动的姿势松弛了下来,缓慢地回过头。

"冒昧地问您一下,——那位尼姑刚才唱的是首什么歌?"

僧人这样问道。老人有些愕然,目不转睛地打量了一番僧人的模样后,像是终于醒悟过来:原来这人是个外国人。

"那个尼姑唱的,是有名的诗歌——《罗摩衍那》,印度人里没有不知道的。我这阵子听说摩底补罗国的都城里住着一个从脂那来的僧侣,这说的是不是就是您呀?"

"正是我。"

僧人高兴地应道。听到素不相识的人突然称呼自己国家的名字,僧人生起了无比怀念之情。

"怎么样,你们国家也有这么美的诗歌吗?"

老人用一种像是在炫耀自己身上装束的口气说。

"……那尼姑原是这城里一个贫贱的理发师的妻子,因为歌唱得特别好,受到犍尼萨[1]的恩惠,终于成了那样的圣者。据一位预言家说,那女人的歌喉是音乐的守护者那

---

1 象头神,印度教中的智慧之神。

罗陀做的乐器变成的。她到城里引吭高歌时，就会有无数看不见的飞天从天而降，在她的周围飞舞盘旋。你即使不是印度人，一定也听得出那首歌的美妙吧。"

"我听得出那首歌的美妙，可是那个尼姑缘何因此一技就能成为圣人呢？为何就能受到神的恩惠呢？"

"是呵。"

老人这样应着，认真地陷入了沉思，突然恍然大悟似的开了口：

"那是那女的所唱诗歌的功德。不光是因为那女的声音好听，还因为她唱的是一首好诗。就好比再好的织布机，如果没有柔软的羊毛，也织不出漂亮的领钵罗衣[1]一样，《罗摩衍那》再尊贵动听，没有美妙的歌喉演唱，也是难以唱出其飘渺悠长的神韵的。所以我认为，她的技艺不光为《罗摩衍那》注入了真正的生命力，还具有一种将那女子自身的魂灵引向纯净愉悦的诗之世界的力量吧。"

僧人不明白老人在说什么。人间的灵魂只有依托神才能得以拯救。人要想成为圣人，就要学经悟道，求解脱于信仰之中，除此以外，别无他法。可那位长者却在称扬尼

---

[1] 细羊毛织的衣服。

姑以艺近神，以诗的功德成就圣人的一生。

"……也许你对所谓诗歌的难能可贵之处，还没有充分理解吧。"

老人一针见血地说道。

"对于生在异国，无法感受印度语言之美妙的人来说，即使懂得佛陀的慈悲之弘大，也无以估量诗歌的玄奥。就像这个国家肥沃的山野盛产无数的宝石和果物一样，这个国家的语言的数量，比颇湿缚庚阁月[1]绿林的枝叶更加繁茂，比室罗伐拿月[2]入梅时的雨量还要丰富。因此，这些语言中蕴藏的音韵，充溢着新鲜柑橘中饱满欲滴的果汁，散发着从精巧的璎珞宝珠中绽放的光芒。我们国家的语言之所以如此美妙，是因为它不是人间任意摆布的产物，而是由宇宙中的大神梵天授予天人，又由天人授予凡人的宝物。可是它在天人授予凡人之前，比现在还要美，更加接近尊贵的神的语言。有人说自从成为人类的语言，它就逐渐变得卑俗和滞钝了。只有人间的诗人们，可以从我们杂糅的语言中，甄别出神的语言，从而创造出诗歌。——诗歌的可贵就在于此，诗歌是人的语言中最靠近神的物质。在我

---

[1] 当公历9至10月。
[2] 当公历7至8月。

们所栖息的世界里，只有诗歌拥有永远的生命，和宇宙的灵魂相契合。所以，正如那个尼姑一样，可以凭借技艺的力量敲响诗歌殿堂之门的人们，注定可以成为圣者。唯有不具备天赋，生来凡庸的人们才必须奋励于学问和苦行……"

谆谆教诲的老人突然沉默了下来。此时尼姑的歌声响动四方，有如要把老人浑浊的声音冲走一般。

"不对，没有人让我这样，我却说了这么多。对不懂语言内涵的人说诗的妙趣，也是无济于事的。我说的这些你不能领会，也毫无办法呀。"

老人丢下了这么一句冰冷的话，又转回了身子，接着俨然以一副如饥似渴的神态，将全部的精神浸润在从尼姑唇齿间如泉水般滚滚喷涌的辞章里。

不久，僧人为了使群集中的寂静不被打破，轻轻地从座位上站起来，蹑手蹑脚地从十字路口拐到了对面，歌谣声仍在远离一两百米处悠长地拖曳着。可是终于等到那声音完全听不见了，似乎仍能感到有什么正绵绵不断地在他的耳畔回响。就这样，袅袅余韵最终在纵横贯通于城中的恒河支流的清冽的运河水里消融，向迢远的彼方飘荡。

那些分成数条的沟渠中，有一条在城头一隅形成了一个广大的水池，有名的湿婆寺的殿堂和佛塔如同天国的缩影一样在此高耸。宛如甲虫壳似的闪着青黑色光的穹窿屋瓦，不计其数地交织重叠在一起，有的高耸入云，有的浑圆盖地，蔚然呈现出波状的起伏。在那之下，蜿蜒相连成列的方柱、广阔逶迤的石阶大道，以极尽奇巧的几何学线条，保持着建筑物森严的均衡。这般光景如同海市蜃楼一样映入了僧人的眼里。正当酷烈的午后太阳稍稍西斜，舒爽的晚风轻轻吹拂的时刻，寺院里挤满了来自天竺五国[1]的人们，各种左道旁门的习俗巡礼喧嚣杂沓，回廊的廊檐下、神殿的壁画前，跪着的、叩拜的、高唱赞歌的、诵咏吠陀经文的，比比皆是。

僧人走进寺院的门内，看见一直延伸到这里的水池，池面翘然盛开的白莲花随风摇曳，数十个似乎是在黄昏沐浴的女子，在琉璃色的池水里浸润着光滑的肌肤。她们都是住在摩裕罗城的富人家的太太和小姐吧，在岸边脱下绫罗绸衣和水晶手镯，用灵验的恒河水流，将因酷暑而沾上了污垢的身体洗濯荡涤。聚集到浴场来的女子越来越多了，洗沐之后从池子里上来的人们，将薄雾般的轻纱裹住已拭去汗液而变得清爽的整个身子，在明晃晃的斜阳映射的石

---

1 天竺东、南、西、北以及中央五地的合称。

砌坦道上，排成长长的队列，逍遥自在地向礼拜堂的阶梯漫步而去。

阶梯前五六十米处，有一座形同方尖碑的尖塔。来到这里时，只见女人的行列停住，将塔里三层外三层地包围起来。她们是为了拜谒蹲踞在塔基边苦行的仙人的身姿，所以脸上都明显浮现出敬畏和感谢交织而成的神情。仙人在围得水泄不通的人墙中央，弯曲着如同木乃伊一般瘦骨嶙峋的裸体，在钉着几百根锋芒突起的钉子的木板上，一直忍耐地端坐着。

"神圣的摩裕罗城里的信仰笃厚的妇人们啊……"

只见一个神仙弟子模样的青年，指着师父行者的针毡，仿佛在对名胜古迹作着说明似的介绍道：

"这一位，今年已一百三十岁高龄，是德高望重的行者。行者此番邀请了三千位婆罗门，飨宴七天七夜，为了能够募化到足以将珊瑚念珠赠送给每一位婆罗门的净财，从不久前开始了这样的艰苦修行。信仰笃厚的妇女们啊，如果你们把米、麦、奶酪、扁豆、金币、银币，或是身上有的施舍给这位行者的话，一定可以依靠行者的功德，于后世得到安乐。因为这位行者可是湿婆神的化身啊！拥有支配芸芸众生的命运的力量！……"

从肃然起立的妇女们背后静静窥视着行者的僧人，觉得他的弟子说得有点滑稽，所以微笑着望了望周围的人，可是那里却没有一个人和他一起发笑。大家看上去都严肃地尊崇着行者，妇女们的眼神里一律充满了热情和敦厚。

行者让弟子述说自己为何祈愿的工夫，自己始终保持着沉默，那凹陷的眼窝深处闪烁着奇怪的、令人毛骨悚然的光。虽说他的体魄憔悴得令人痛心，无论如何也难以相信是一位竟有一百三十岁高龄的人。只稍许看一眼，便可知道这位仙人年龄在六七十岁，相貌极端丑陋，甚至让人感觉有几分狰狞。而且，让他难看的轮廓更显难看的是脸盘正中敞开的奇形怪状的鼻孔，不知怎的，右边的鼻孔里由于插进了楔形的塞子，和左边的鼻孔比起来大得极不相称，还扭曲着。他驱动着左鼻孔和如同破椅子的弹簧般的咽喉骨，不停痛苦地发出喀喀的咳嗽声。

"啊，谢谢您。真是太好了。"

弟子的演说刚一结束，就有女人轻轻地叹息道。这位少妇的衣装发出优雅的摩擦声，只见她恭敬地走到仙人的面前，将涂了白檀的神圣的额头紧贴在地面上，先向仙人膝下献上握满了两个手心的珍珠货币，又触摸起圣者伸展在针毡上的脚后跟，细腻地亲吻着他的脚趾尖。众多女子目睹这一光景，也开始接二连三地模仿起她来，重复着同样的动作。顷刻间，在仙人的身旁施舍的物品已堆积成山。

看好了机会，青年侍从又站起身对众人说道：

"妇人们，你们必定可以依照供养大德圣者的善行，在不久的将来降生于天国。你们是这个世界上最幸福的人们……现在终于到了行者师父在大家面前施行黄昏沐浴的时刻了……"

听到这里，靠近行者近旁的人墙像是等候多时，渐次后退几步，围成一个比先前更大的圆圈。接着，每个女子仿佛接到了号令，一齐垂下头，两手交叉于胸前，将合掌的指尖向前微微倾斜成四十五度。这番集体行动，犹如阅兵式的部队那样漂亮、那样整齐，按照某种有条不紊的规律，在瞬间进行着。

行者在众人行礼之时，摇摇晃晃地从针毡上站起来，依旧喀喀地咳着，扶着弟子的肩膀，走出两三米，艰难地在事先放好的椅子上坐下了。椅子旁边大桶里盛得满满的恒河水，应是为沐浴仪式作好了准备。

紧接着，奇谲的仙人沐浴净身开始了。首先，弟子把水注入水瓶里，像是对待人偶一样，将行者的两手浇上水瓶里的水洗净后，解开了一直紧紧缠绕在他手腕上的铁锁。于是，他那获得自由的手腕就此伸展开来，拔掉了先前塞在右鼻孔里的栓子。不料，后面连着的八九寸长的棉线也从鼻孔深处滑溜溜被拽了出来。他刚才时时咳得那样厉害，也是因为塞在鼻孔里的这根线头刺激了咽喉。接下来，行者又从弟子手中接过两根新的棉线，将一端用蜡固定好，这次是从两个鼻孔里插入。又将手指头扎进尽可能张大的口中，一边发出怪异、恶心的呻吟，一边终于又把从鼻孔落到咽喉的两根线端巧妙地拉到了唇外。就这样，行者手中汇集了四个线头。

不一会儿，他两手抓着四根线的端头，好像疏通烟管一样，上下左右拉动着棉线，把鼻腔和口腔打扫了一番。只是搞卫生还不止这些，进而又用两根竹管代替棉线，插进左右鼻孔，从附着漏斗的那根竹管注入水，水于是响起异样的咕噜咕噜的声音，在鼻腔循环一周后，从另一根竹管出来，流到了地面上。这番费事的"鼻腔沐浴"最后的程序，是以和右边对称的方式又从左鼻孔塞入棉线，镶入楔形的栓子。

"妇人们啊……现在塞进仙人左鼻孔的线的一端直接到达了脑髓……"

弟子以一副煞有介事的神情说道。

"鼻腔沐浴"之后进行的是"胃的沐浴"：将长长的白棉布的一端吞咽下去，直达胃部，再从那里掏回来。

脂那僧人不可思议地看着，直到做完胃的沐浴。当转换到"肠的沐浴"，仙人将臀部朝着众人，正要将手指头插进肛门的时候，他忍不住逃之夭夭了。

"喂、喂、和尚，你还在这里闲逛啊？"

这时从身后追上来一个男人，正是僧人今天中午在街道旁的村落中最初遇到的行者。

"真是太愚蠢了，你被那个针毡上的仙人迷惑住了吧？那家伙可是个十足的骗子，上他当的净是些女人呢……与其看这个，不如到礼拜堂的廊柱下面，去看看沉默的行者呢！"

行者激昂地说。

"你看，看到那里佛堂的石阶了吧？上了那个石阶，往东拐，就是回廊了。从回廊拐角数第五根、刻有湿婆舞姿的浮雕的柱子下面，两手抱膝，佩戴骨骸首饰端坐着的就是那个仙人。那里还有各色行者：第七根柱子下的是倒立的行者，第九根柱子下的是直瞪着眼不眨的行者……另外还有二三十人，都是些了不起的仙人。你赶快去看看吧。"

"是这样啊，那我务必要去看看了。"

僧人故意用一种扫兴的口气回答，可是心里还是觉得不去看看有些不踏实。于是，他抱着一种莫名的怨恨与被胁迫的预感，登上了通往佛堂的石阶……

直到那年的雨季终结之前都滞留在摩底补罗国的三藏法师，在初秋时节踏上朝圣的行程，顺恒河流域而下，一路往南云游各地，于摩揭陀国探访释迦牟尼之灵迹，从今天的加尔各答穿越马德拉斯海岸，寻访摩诃剌佗国的阿旃陀石窟，又隔数年，终于回到了恒河的上游地区。

他第二次参谒摩裕罗城的湿婆寺院，是在某年冬天一个轻寒料峭的傍晚。那时，他突然回忆起五六年前的那个行者，来到礼拜堂的回廊一看，第五根柱子下面，如同往昔一样，沉默的仙人依然盘着腿，在那里正襟危坐。

髯须蓬松的尖瘦的脸、骨骸做成的首饰、朽木般的手脚上的皮肉——所有这些相貌，都和耸立在他背后的石柱上的雕刻一样，丝毫没有改变的形迹。法师起先有些困惑，不知那仙人是死是活，在黄昏的黑暗中伫立良久，凝视了片刻，终于发现一处他还活着的证据。那就是，仙人抱膝而坐的两手的手指甲，从前只有十几公分，而今已经扎入手上的皮肉，从掌心穿透到了手背。

大正六年[1]三月作

---

[1] 1917年。

哈桑·罕的妖术

距今三四十年前,有一个叫哈桑·罕的有名的魔法师居住在印度的加尔各答,当地人自不用说,就连在那一带旅行的欧美人也投之以惊异的目光,这是我早就听说过的。可是我对他稍有详细的了解还是最近的事,是我在约翰·坎贝尔·奥曼关于印度教的著作里,看到有关这个魔法师的记录以后。

这本书的作者曾经是拉合尔大学的博物学教授,著有多种关于印度的宗教、文学和风俗的论著,因此我认为其著述是值得信赖的。作者首先是这样写到哈桑·罕的:

> 约莫三十多年前,加尔各答有一个叫哈桑·罕的人引起了人们的兴趣。他以"创造奇迹的人"著称,……

> 我的好几个欧洲朋友都认识哈桑·罕,并且在他们家中亲睹过他施展妖术。如今,我根据直接从那几个欧洲朋友,而不是印度人口中获得的信息,把那些故事写下来……[1]

奥曼列举了两三个欧洲人目击到的妖术的实例之后,引用了哈桑·罕亲自告诉别人的话,阐述他是如何获得神通力的。据传闻,此妖术师并非生来就具有这种力量,少年时代,他只是个平凡的穆斯林,偶然有一天,一个流浪到自己村子的印度教僧人看中了他,并把妖术传授给了他。僧人最初要求哈桑·罕实行极为严格的四十天禁食,又教授各种各样的符文使用方法和念咒方法,之后将他带到某个山背后的洞穴前面,命令他去窥探洞窟里的所藏物:"我胆怯地遵照着他的命令,在那黑暗中我所能看到的唯有一只火焰似的眼球。"[2]——他如此描述当时的情形,说是在幽黑的洞穴深处,看到一只灼灼燃烧的巨大眼球。于是僧人宣告说:"这样便可,你已经具备神通力了。"当即让

---

1 原为英文。
2 原为英文。

他尝试对着大路上的石块，逐个掐诀结印[1]。接着继续说道："这下你可以回到家，关上房间的门，像驱动路上的石块一样试着命令你的仆从，因为你已有一般人看不见的仆从跟着，随时为你服务。"哈桑·罕于是按照他说的回到家，关上自己房间的门，口中向仆从传呼着命令，话还没说完，他便惊奇地发现，刚才的石头忽然横在了自己的脚边，因而被一种莫名的恐怖和惊愕所侵袭。

由此看来，他的魔法主要是以和他如影随形的灵魂，也就是以魔神仆从（djinn）为媒介，这个魔神未必是一个总对他俯首帖耳、唯命是从的家奴，相反似乎动辄对其命令怒形于色。例如，奥曼认识的四五个欧洲人有一次和他一起围坐在餐桌边，半开玩笑地让他立刻端出一瓶香槟酒来。许是这种嘲弄使他勃然大怒，他用激越的语调发着牢骚，随即忿然离开座位，走到阳台上，冲着虚空厉声传令两三次。就在第三遍话音未落之时，香槟酒瓶从天而降，如同投掷的石子一般，以锐不可当之势直飞过来，击中哈桑·罕的胸口，继而落到地上砸得粉碎。

"怎么样？这下知道我的魔法的力量了吧？可是因为

---

[1] 以各种手形表示佛与菩萨的功德。

我命令得太性急,所以惹怒了魔神。"他当时环视了一下在座的人,喘着气说道。

此外,奥曼还介绍了一些有关他的奇事逸闻,我不想在此一一转达读者。我在这篇小说里特别想告诉诸君的就是,近期继承了哈桑·罕技艺的印度人来到了日本,并且住在东京,另外我还跟这位印度人有了交情,亲密地实践了幻术。我把这些讲述给诸君之前,认为有必要预先勾起大家的好奇心,于是就在这里稍稍引用了奥曼的著述。

我第一次见那个印度人,大约是在今年的二月末或三月上旬吧。时值要给中央公论社四月的定期增刊号投稿有关玄奘三藏的故事,正准备动笔写作。一天早上,我为了写那个故事,想查查亚历山大·坎宁安[1]的《印度古代地理》和文森特·史密斯[2]的《玄奘旅行日志》,便出门去了上野图书馆的特别阅览室。那时,我看见一个占据我隔壁座位,在堆得高高的英文版政治经济书籍旁聚精会神看书的黑人。当然,当时我对他并未特别注意,可是因为正巧我看的是

---

[1] 亚历山大·坎宁安(Alexander Cunningham,1814—1893),英国陆军少将、考古学家,以创建印度考古勘探团,发现鹿野苑、那烂陀寺、桑奇大塔等重要佛教遗址而闻名于世。大英博物馆收藏了他挖掘出土的印度与巴克特里亚的钱币及佛教典籍。
[2] 文森特·史密斯(Vincent Arthur Smith,1848—1920),英国印度学者、美术史家。

有关印度的书，多少引起了他的好奇心，对于我的相貌和举动，他好像在频频窥视。在那之后，我去了一段时间图书馆，从每天上午十点左右到下午两点左右，一如既往地查阅古代印度的地理和风俗，而那个印度人也必定占据我近旁的椅子，似乎一直在注视着我这边，有时甚至还想对我说什么。他年龄大体在三十五六岁，是一个身材微胖、个子稍矮的男人。稠密乌黑的头发整齐地分开着，总是穿一件藏青色呢绒西服。有一天系着的墨绿色领带上别着幸运豆别针，其他日子则是橙黄色纺绸领带搭配黑宝石别针。总之，尽管他的服饰给人的感觉并不优雅，但他的容貌的——那张胖乎乎的圆脸、清澈的大眼睛、浓而长的眉毛、厚厚的嘴唇上留着的八字胡，还有鼻翼两旁深深的皱纹——仿佛埃及王子收藏的中世纪印度肖像画里的帖木儿[1]的形象，给人一种既威严又温和的感觉。

我从第二天起，就开始隐约期待终有一天和这位印度人成为朋友，可是起初的三天都没有特别的机会。而就在那一天的早晨，当我在特别阅览室隔壁的目录室里，拉开以"In"开头的西文目录卡抽屉，查找"Indian Mythology"[2]

---

[1] 帖木儿（1336—1405），中亚大陆的征服者，曾占领印度德里。
[2] 印度神话。

的参考书时,那个黑人在稍许隔开的地方拉开以"R"开头的抽屉,像是在搜寻什么书。顷刻间我猜测他在"R"里寻找的是"Revolution"[1]这一项——之所以这么想,是因为我大致了解到他是个印度人,从上次碰面以来,他就着重阅读政治经济方面的书籍。不一会儿,他关上"R"的抽屉,打开了"P"。我这时又联想到"Politics"[2]或是"Political Economy"[3]。他把几册书的书名用铅笔写在纸片上,随即又关上"P",转移到"K",进而又逆着字母排列目录的顺序,逐渐回到"I"方向的抽屉来。就这样最终和我擦身时,他窥视着我手抓住的抽屉里也有"Ind……"的部分,极其突然地用略微蹩脚的日语开口道:

"这抽屉里也有我想看的书,你在查什么呢?"

"我也在查这个'Indian Mythology',可是要花很多时间,请您先看吧。"

我这么回答着,从目录里抬起头来,只见在我眼前站着的印度人鼻端两侧凹陷的地方,像是积着层煤灰似的黑不溜秋,我便颇感奇异。

---

1 革命。
2 政治。
3 政治经济学。

"是吗?我只要稍微看一下'Industry'[1]的地方就行了,马上就完,请稍微借给我一下。"

他每每说起"稍微"的时候,会笑嘻嘻地微微低下头,就这样他接过了抽屉。

因为这样产生了交集,之后一两天里,彼此终于成了朋友。我最初只是因为他是个印度人对他感兴趣,一时生起好奇心才和他交好的。随着交谈渐渐多起来,意外地发现他的兴趣和知识是多方面的。尤其令人惊讶的是他在宗教和美术上造诣很深,我问要想了解古代印度的建筑和风俗,参考什么资料合适,他立刻举出戴维斯、坎宁安、福歇等人的五六本著作,让我如堕五里雾中。据说他出生在旁遮普省的阿姆利则,是个信奉婆罗门教的商人的儿子,在四五年前,为了上高等工业学校来到日本。

"你前段日子总看政治经济方面的书呢。"

我这么不解地问他,他暧昧地回答说:

"哪里,不一定是政治经济,我什么书都看,抓到什么看什么——其实我去年已经从高等工业学校毕业了,回印度也找不到有趣的事做,就这样过一天算一天。我是不

---

[1] 工业。

是也应该研究研究日本的文学呢。"

他操着简直就像游手好闲的人的口气,但我总觉得他和普通的留学生不同,有些地方甚至让人怀疑他是一个一心想着"印度独立"的忧国志士。

还有一点出乎意料的是,他在我们互通姓名之前,已经对我的名字和职业有所了解。

"啊,原来你就是谷崎先生啊?我看过你的小说。"

他如是说。据说是在翻阅宫森麻太郎的《现代文艺杰作集》时,看了刊登在卷首的英译《刺青》,感觉很有意思,从此就记住了"谷崎"这个名字。

"——那么我明白了。你接下来想写点有关印度的故事,是吧?我看见你最近非常详细地查阅印度的事情,觉得很奇怪。冒昧地问一句,你去过印度吗?"

我回答说没有。他圆睁着眼睛,咄咄逼人地说:

"为什么不去?最近宗教家、画家都积极地走出日本,你为什么不去?不先去看看印度,就写印度的故事,有点儿太大胆了吧?"

我受到他这样的攻击,脸一直涨红到耳根,急忙苦苦辩解说:

"我之所以写印度的故事,正是因为去不了印度啊。这么说可能会被你笑话,其实我虽然憧憬印度,但还没有机会去漫游，所以希望凭借想象力，来描述一下印度这个国家。你的国家直到二十世纪的今天，不是依然在创造奇迹，吠陀的神灵们还在逞性妄为么？这个奇妙的热带国家，其被丰富色彩笼罩的自然景观和民间生活都让我向往不已。所以我想把玄奘三藏作为主人公，借用一千年以前的时代，多少描绘一下印度的这种神奇。"

"原来是这样啊，玄奘三藏这个想法好！就像你说的，印度的神奇莫测之处，正是二十世纪的今天也和玄奘三藏当年云游的时代差不多。我出生的旁遮普地区，像那些用科学的力量也无法道破的神秘事情，至今仍然每天都在发生……"

两人的这番交谈，是在某个晴天的下午，吃完午饭在图书馆后院散步时进行的。以前也提过，他的日语还不太完美，说到复杂的地方，就不知不觉夹杂些英语。他上下晃动着握着石楠木烟管的右手，用沉静但有力量的语气说着。

我的好奇心此时越来越旺盛了。在正好想写玄奘三藏的时候遇上这个印度人，这真是求之不得的美事。他的故乡旁遮普地区至今还在发生的神奇现象到底是什么，我不由得立刻向他问个究竟。

"你说的神秘事件，比如说是什么样的事件？我想请问一下，把它作为参考……"

我这样说着，不经意地窥视了一下他的神色，尽管还有一些问题想问，却欲言又止，无奈只好继续沉默着凝视着他。为什么呢？那是因为我发现一直兴致勃勃侃侃而谈的他，在我提问的瞬间，忽然一反常态，嘴里衔着即将熄灭的烟管，倚靠在朝南的阳光照耀的树上，紧紧抄着两手，低着头，眼珠朝上盯着一个地方——那双眼睛不知不觉间，像是眉毛下面深陷的眼窝里已装不下，满满地鼓胀开来，炯炯发亮，以至黑白眼珠的界线也赫然在目。那眼睛和"阴翳"二字丝毫无关，有着和西餐使用的瓷器盘子一样的底色和硬度。如同在纯白的洋纸中央打上了浓墨的斑点，全然失去了润泽，与其说是锐利的光芒，倒不如说是一双发出令人毛骨悚然的亮光的眼睛，仿佛对遥远彼方发出的声响也凝聚着注意力。还有那额头，由于眼珠向上翻，粗重的皱纹重叠起伏。至于那数量众多、形态刚毅的波状皱纹，我也不禁从中看出，它和普通人额头上刻着的大相径庭。总之，整体的表情既包含着沉郁、恍惚、悔恨，又有别于其中的任何一个，乍一看，让人甚觉怪异。

他那奇怪的眼珠子，在我木然地瞪着他看的工夫，竟没有朝我望一眼。而我呢，突然想到长时间的沉默很不自然，不一会儿，便非常拘谨地向他打听道：

"哎，怎么样？你能把它说给我听听吗？"

于是，他眺望着远方的眼珠子此刻在眼窝里滴溜转了一圈后朝向我，只是没有注视我的脸，而似乎是从我的脸上听到了从前的声音。并且眼睛依旧往上翻，先前那额头上的皱纹数量如同擦洗过的木头的纹理，纹丝不动。

"哎，怎么样啊？那些……"

我再次发出了请求，嘴角挤出一丝笑，凑到他跟前。可是他仍然缄口不语，只是一味把视线投向我这边。顷刻间，他的眼珠子变得更加大而明亮，像是触到了我的心底深处发凉的地方，我的身体竟毫无理由也毫无预感地突然微微颤抖起来。

结果那天就再没有机会和他说话了。我从后院回到阅览室不一会儿，他也进来了，但始终板着面孔，一脸冷淡。到底为何他的态度急转直下，而我被他盯看的时候又为何会不寒而栗呢——这些疑问虽然笼罩在我的心头，却也并非那般久久困扰我。或许他就是世上常有的那种脾气古怪的人，一天之内情绪会变化多次。他的眼珠子使我胆怯，一定是因为最近患上神经衰弱的我，偶尔遇上稀少人种的眼色，眼前产生了未曾有过的幻影。我暂且这么简单下了结论。

然而，他的闷闷不乐意外地持续了很久，后来每天早上即使在阅览室碰见，他也好像完全不认得我一样，一个招呼也不打。今天情绪会变好吧,明天一定变好了吧——我往返于图书馆时,不禁抱着这样的期待。一天过去了,两天过去了,希望渐渐渺茫,以至产生了至今为止的交流或许会就此中断的疑虑。有幸和他结交,却因为杂志即将截稿,没机会听到他难得的一番陈词就要起笔写作,这对我来说太可惜了。老实说,我已经大致查阅完参考书,没有必要再去图书馆了,是为了设法听到他的发言,才每天跑上野的。就这样,到了第四天的早晨,我下决心在当天之内,要么采访到他,要么就放弃采访开始写作,非此即彼。

那天,刮了很长一段时间的北风停止了,是今年以来最像春天的好天气。因为坐电车不方便,我决定从位于小石川的家驱车前往图书馆。行到团子坂,遥望上野的森林,那里似有云霞暧逮,艳阳碧空,温暖晴好。樱木町周围新居家宅排列的一角,随处可见越过围墙破蕾绽放的梅花,在阳光的映照下宛若珍珠一般。此时我感到在每年季节交替时油然而生的旺盛的喜悦,正沁入我疲惫的脑髓。

这种喜悦直到在图书馆前下了车以后,依然持续良久。我风风火火地跑上楼梯,进入阅览室,首先被宽敞的西式建筑窗外的湛蓝色彩所吸引,占了最靠墙的一个空位子。我深深地吸着从外面流进的凉爽空气,凝眸仰望着辽阔的天空,只见洁白柔软的云朵,在巍然耸立的图书馆三楼的屋顶上，不断缓缓飘过。我的眼睛忘记了看书，许久地陶醉在这片景致之中。最终，仿佛觉得不是云彩在飘动，而是图书馆的屋顶在穿越苍穹。

那个印度人在离得很远的地方占了座位，背对着我，专心致志地记着像是英文报合订本的笔记，不一会儿，大约是想吸烟吧，突然站起来消失在门外，许久不见回来。

"对了，一定是去后院散步了，现在是抓住他的好机会。"

我反应过来，急忙跑下楼来到后院。

到过上野图书馆的人或许都知道，后院紧挨着音乐学校，交界处筑有小小的土墙。我把身体隐蔽在树丛的背阴处，悄悄环视四周。只见那个印度人蹲踞在土墙下，从石楠木的烟管里吐出鲜明的烟。烟如同饴糖似的，湿漉漉地凝结在一起，从他那鲜红的嘴唇中如同绢丝一般滚落，飘浮在静谧的早晨清澈透明的空气中。他的脸色不见了四五天以来的阴翳，如同绘画里的达摩那样圆融温和。这时，从音乐学校的教室方向传来慵懒甜润的歌声，我望着他和着音调，多少是无意中用脚尖踩着节拍的样子，知道他此时的情绪甚佳。于是我出现在他的身旁，故意装出若无其事的样子，用快活的语调向他寒暄道：

"早安！"

他自然地抬起头，频频注视着我的额头，明朗的眉宇间，瞬间泛起疑虑深重的表情。那种目光的急剧变化，宛若一只正在晒太阳的猫咪，突然受到惊吓时的样子。我在心中暗暗想："这下完了。"可是仍旧勉强投以亲昵的目光。还想开口说些什么的时候，他仿佛要制止我似的，顿时板起面孔，慢慢地摇起头来。

这男人真奇怪！是不是对我有恶意呢？我左思右想，也不知道哪儿得罪了他，倒是觉得印度这个国家的神秘莫测，似乎都体现在了这个男人的身上。我漠然地想象着他所持有的怪癖是一般印度人所共有的，并且是我们日本人无法理解的某种心理作用所致的吧。

不管怎么说，在那之前我寄托了仅有的一点希望的计划，完全化为泡影。我不再期望别的，决定从明天开始立刻动笔，除此别无他法。好不容易来了图书馆，就又翻阅了两三册值得参考的书，等到再出去户外已是傍晚五点多钟了。此时，大地的暮色每时每刻像是舞台上的电动装置急遽变浓，眼见着将要变成黑夜。我打算到山下坐电车，晃荡着穿过公园的森林。不是周围变得黑暗，而是我的视力在不断衰竭——我被这种不安所侵袭。定睛看看远处闪闪发光的动物园的弧光灯，这时从苍郁的园内树木背后，传来一两声丹顶鹤尖厉的啼声，回荡在空谷中，在整座山里震响。我身着驼毛的晨礼服，外加厚毛呢外套，与白天的温度截然相反，凉飕飕的气流渗透到衣领里。想起早晨出门时，妻子说的那句"晚饭就吃酱拌萝卜吧"，顿时倍感疲劳与饥饿，不知不觉加快了脚步。

这时，意念中忽然泛起一种朦胧的飘忽不定的感觉：自己脚踏的这条路，莫非不是在上野公园，而是在远离人烟的深山老林吧。此时此刻包围着自己的黑暗与寂寥，还有无数亭亭植立的大树就足以引发我的这番空想。行进在黑暗中的我，仿佛连自己的服装和容貌都完全变成了另外一个人。今晨坐车离开的小石川的家、刚刚还在那里阅读书籍的图书馆，这些实存的世界，是一个与此处隔绝的、极其遥远的彼岸的幻影，似乎到了那里，可以看到从前的自己在啃酱拌萝卜呢。或者说，如果灵魂真的可以从人的肉体中脱逃，眼下的自己会不会就是一具赤裸裸的灵魂呢？抑或是自己正在做梦？为了弄个明白，我想把刚才的路重新走一遍，决定回到图书馆前，可是无论踅回去多远，似乎再也不可能找到图书馆了。如果说仅仅十分钟或十五分钟后，就可以来到热闹明亮的市街，乘上电车，穿过挨挨挤挤的人潮回到小石川的家，那才是如同在梦境里呢……

"谷崎先生……"

这时，从我身后传来了有些含混不清的声音，在呼唤着我的名字。我的胡思乱想倏忽破灭了。

"谷崎先生……你现在回去吗?"

我在完全没有路的林间穿行,对方在这样的暗夜里,是如何发现我的,这是最不可思议的地方。我草草地应了声:"嗯。"好像被什么东西袭击了似的,急步走到东照宫鸟居旁,弧光灯明亮的地方。

回头一看,对方正是那个印度人。他茶色的礼帽压得很低,竖着外套的领子,看起来寒颤颤的样子,不知不觉之间,几乎和我并排走着。我没能判别他的声音,是因为他的嘴唇周围裹着黑天鹅绒的围巾,发音听不清吧。

两人沉默地望着脚尖走了一会儿,正是从精养轩前头往清水堂下面的方向,这段路他只咳嗽了一声。而我因为屡遭失败,所以若是不充分把握对方的意图,连向他扫一眼的心思都不会有的。

"谷崎先生,我对您太失敬了……"

快要接近公园出口的时候,他这么说起来。说着,他顿时来了兴致,挥起手里的拐杖,将头上的樱花枝叶拨开。

"我以前动不动就突然心情郁闷,不想和别人说话。这种郁闷有时连续三四天,有时持续一个月。可是前几年我来日本以后,它消失得干干净净。这四五天来隔了很久又发作了。我非常失礼,知道您有话要对我说,可是我完全无能为力。"

"是这样啊！那我就真可以放心了。我以为你对我没有好感，这段时间是有点担心呢。"

我欣然应道。其实那天我特别沮丧，终究提不起从翌日开始从事创作的劲头，失去了临近执笔时就会有的紧迫感。我望着广小路的钟楼说：

"怎么样，现在刚好六点，我们在周围散散步后一起吃晚饭好吗？你一定知道，我有很多问题急切想请教你。"

他用愉悦的声音连忙应道："好的好的。"

那天晚上我把写作《玄奘三藏》的必要事项都一一询问了，地点是在池端的"伊豆荣"的二楼。起初想去西餐厅，但客人来来往往的又处处不方便，所以就选了这里的一个房间。我预先把要问的问题重点列在笔记本上。尽管我的问题涉及历史、宗教、地理、植物等广泛的领域，他还是当即给我逐一作了解释。不久话题转到了所谓"现代印度的奇迹"上面，他对自己亲眼看到的旁遮普地区的预言者、仙人、奇异的妖术和惊人的苦行实例，都滔滔不绝地作了描述。大约两个小时的工夫，我几乎一口气听他讲完，沉浸在无限的亢奋之中。

"总之，从印度人的信仰来说，所谓Asceticism，也就是难行苦行之法，对于人神合体是务必需要的。我们所拥有的'恶',全都来自我们的物质要素,即这个肉体。通过最大限度地让肉体感到痛苦,我们的灵魂才能渐渐和宇宙的绝对实在保持一致,用佛教的话来说,就是《起信论》里的所谓净法薰习。肉体越痛苦,灵魂就越能够高高上升进入神的领域。进而又被这样阐释——迄今被肉体的牢狱所牵制的灵魂,随着逐渐向宇宙的精灵熏习,最终转而支配整个物质世界。自己的肉体自不必说,在包含其所有的现象之上,可以拥有绝对无限的自在力。最后不管任何人,只要服于难行,这个世界上的事物,都必定可以心想事成。"

他说话的时候,不住地举起日本酒的酒杯。不一会儿工夫,他把我的提问抛在一边,以一副犹如演讲的语调,滔滔不绝地高谈阔论起来。

"也就是说,这里有个人想得到某种神通力的话,难行的功德就能使他达到目的。你可能记得《摩诃婆罗多》[1]中的两个兄弟的故事吧?他们发愿支配三世,服于各种难行,比如从头顶到脚尖,全身涂满泥土,穿上树皮做的外衣,深居在人迹罕至的温迪亚山[2]山巅,用脚尖站立,又是

---

1 古印度的梵文叙事诗。
2 印度中部的山脉,印度教的圣山之一。

数年里睁着眼而不眨一下，又是断食断水，即便这样也不能成就心愿，最后就割掉自己身上的肉投入火中。这时温迪亚山因为兄弟的信仰而燃烧般地发出热量，天地神灵因兄弟的宿愿之浩大而感到恐惧，对兄弟俩极尽迫害之能事。可是他们终于战胜了这些苦难，如愿以偿地获得了梵天授予的权力。从上面这个神话可以得知，难行苦行的目的未必在于消灭罪障，还存在着很多在这个世界上骄横暴虐，试图克敌称霸的反道德的动机。毕竟以不屈不挠的意志始终坚持不懈苦于修行的话，不管多么伟大的宿愿，人都是可以成就的。一旦出现了这种行者，其他的人也好神也好，都会感到无比恐慌。有一个传说可以作证，以前乌塔那帕达王的王子，年仅五岁时就发了大愿，惊动了全世界的神灵。少年被继母虐待，不能继承王位，作为补偿，他想获得宇宙第一的权力，根本不把来自天人、夜叉、阿修罗等的妨碍当回事，顽强地坚持难行。于是神灵们惊惶失措求救于毗湿奴大神，经过大神的调解，限制了少年的要求。于是，少年的灵魂升天变成了北极星。就像这样，人间的难行苦行不仅构成神灵们的威胁，而且神灵自身有时也需要难行，就连那个造物主梵天也必须进行修行的……"

随着醉意渐进，他那双大而冷峻的眼睛像是滴入了黏乎乎的油脂一样润泽起来。他是个胃口很大的男人，一只手灵活地操纵着筷子,两人份的中份鳗鱼眼看着被他吃了个精光,另一只手一直触碰着杯子。偶尔说到兴头上,他会有一个习惯,立即扔掉筷子和杯子,两手不断地用力拽着盘腿坐着的两脚的拇趾尖。

"哎呀,谢谢你。问了这么多,对我帮助太大了。今晚你就请慢慢儿喝吧。"

我合上笔记本,又得再加一些菜和酒了。

"我特别喜欢吃蒲烧鳗鱼,酒是日本酒西洋酒什么都喝。——印度人虽然没有爱国心,却是国际主义者呀。"

他开着这种带有讽刺的玩笑,大声笑起来时,已经近乎酩酊大醉了。而我却看到他那污黑的,摸上去似乎就会沾一手灰的衣领周围因燥热而发出的亮光。

"谷崎先生,我今晚很愉快。来日本后至今一个朋友都没有,一直过着孤独的日子,和你这样有名的作家成为亲密朋友是我无上的光荣。哎,谷崎先生,请原谅我喝这么多酒,我本来就喜欢喝酒,每天晚上喝点儿威士忌,可是像今晚这样喝醉还是很少有的,这可能给你添麻烦了,你会宽恕我的吧?"

我的确很为难。虽然希望和这个印度人交好,可是本想今晚尽可能用一两个小时谈完,趁余兴未尽,至少写上一张或半张稿子。他却对着我这个听众,摆出一个晚上要没完没了说下去的架势，最后竟然推开菜盘，将他胡子拉碴的脸极度贴近我，紧紧抓住我的右手说：

"喂，谷崎先生，我们今晚既然成了朋友，我就给你讲讲我的身世吧。我上次跟你说我是商人的儿子，那全是瞎说的，其实我既不是商人的儿子，也不是婆罗门教的信徒，我现在是自由思想家，我的父亲是旁遮普的国王达立普·辛格[1]的家臣。我这么一说，你应该就知道我是什么样的身份了吧？"

他使劲拉一下我的手腕，用一种神秘兮兮的眼神盯着我良久。我一听到达立普·辛格这个名字，就不由得推测他是一个非同小可的人——革命党志士。因为达立普·辛格此人是一八四九年英国吞并旁遮普时的国王，后来他向英国举旗造反，这个我在参考书里刚刚看过。

"知道了。我从一开始就猜想你是否是这样的人，果然我还是猜对了。"

"嗯，你真了不起，到底是作家啊。"

他这么说着轻轻拍了一下我的肩膀，又详细叙说起自己的阅历来。据他说，他父亲是个受国王达立普宠爱的侍

---

[1] 达立普·辛格（Duleep Singh，1838—1893），北印度旁遮普地区锡克王国末代国王。

从,祖国濒临被吞并的危机时,随国王远渡欧洲,长期逗留于英国。那时国王还是个懵懂的少年,父亲也只是个刚过二十的青年。两人在异国接受西洋的教育,成为基督徒,数年后,他父亲全然以一个英国绅士的风貌回到印度,并第二次娶妻,居住在加尔各答,生下了他。

"接受欧洲文明洗礼的父亲,从那时起思想渐渐回归东方。我早期跟父亲学英语,不久说是梵语比英语更重要,就让我背诵吠陀的经文。小孩子家也不懂具体发生了什么事,但父亲直到晚年都因为心怀不满和烦闷,始终情绪焦躁,好像晚年过得很失意。他对英国人的为政方式,不,应该说是整个西洋的科学文明都极力诅咒。最终竟然放弃一度皈依的基督教信仰,改宗婆罗门教了。"

他继续对我说起最后父亲参与国王起义时,自己幼年的记忆,并且还说有关祖国独立的意图与策划,是自己从父亲那里继承下来的唯一遗产。

"尽管其以失败告终,但我对父亲的事业怀有满腔的同情,只是对那时父亲的思想倾向多少抱有一点儿怀疑。我觉得父亲极端嫌恶西洋是不对的,也就是说,过度轻视欧洲的物质文明,尤其否定科学的价值,这的确是父亲的大谬。今天印度大陆归英国人所有,难以创造独立的时机,这些都是因为我们的同胞和我父亲一样,不懂得科学文明的力量,沉溺于东洋式的虚无思想,而置物质世界于不顾……"

他的话题逐渐陷入了似乎他最感兴趣的方面,我分明于眼前看到了一个豪饮着慨叹国事之弊的燕赵悲歌之士。他极言痛斥祖国人民的软弱无力,诅咒迷信,批判社会制度,还说印度所拥有的伟大的宗教、文学、艺术是遥远往昔的梦境,现在唯有怠惰的邪教和蒙昧的妖术逞凶肆虐,是一块"只能成为你的小说素材的国土"。

"我当然不是说物质比精神高贵,也不是说东洋的哲学比西洋拙劣,可是总之,我相信要使祖国完全独立,与其急于让他们恢复政权,不如先在民众之间普及科学知识,促进经济思想的萌芽,这才是当务之急。这样一来,全印度人民就会懂得物质文明所带来的恩惠,一旦充分将之消化和利用,独立的时机自然而然就会成熟起来,日本帝国的崛起就是一个最好的例子。"

他基于这样的认识,同时又必须躲过英国警方的监视,尽可能避免和露骨的政治运动相牵连的事情,专心研究电气工业及化学工业的学问,于是来日本求学,最终毕业于高等工业学校的电气专业,而对于今后的方向,目前他正处于举棋不定的状态。最初的计划是,毕业后立即回国,广泛地与资本家同胞相结合,不依靠洋人的财力和知识,创立一个"殖产兴业"的股份公司。可是，觉得单凭自己的力量无法马上着手，最后决定在日本再待上一两年，实地参观考察各种工业企业的经营方法，同时对各国的法律、历史，以及制度的文化进行一些调查。实业终究只是手段，而自己本来的目的是宣传独立运动，不想采取不切合实际的方法，因此他计划将来回到祖国以后，一方面组织成立公司，一方面试图培养众多的技师，对他们实施理化以外的教育，也就是灌输政治经济方面的知识，秘密地唤起爱国心，播撒革命的种子。

"怎么样，我有很远大的计划吧？就像日本的赖山阳[1]借助'历史'激发尊王讨幕的运动，我依靠'实业'引导独立运动。无论怎样叫嚷革命革命，没有钱那是一事无成啊。怎么样，我的想法没错吧？我总是被朋友讥笑成空想家，其实不是吧？你到底是怎么看的呢？"

"怎么说呢，我不甚了解你的情况，一般认为印度人的幻想力丰富得过了头。比如经文、叙事诗里出现的空想，美丽虽然美丽，但是过于荒唐无稽，大得不着边际，放荡不羁啊。"

---

[1] 赖山阳（1781—1832），江户后期日本思想家、文人、汉诗人，其著作《日本外史》影响了幕府末期的历史观。

我极力想回到宗教文学方面的问题,便暗暗转换话题。然而计谋惨遭失败,他的话题越发纵横驰骋,无拘无束。其实他非常介意自己被说成是空想家,极力辩护说唯独自己没有印度人的这种通病,还说什么革命家不能是个理想主义者,比起吉田松阴,自己更喜欢西乡南洲,比起马志尼[1]更爱戴加富尔[2],比起孙中山更尊敬蔡锷。

"托您的福,今晚过得很愉快。虽然我和你处境大不一样,但是彼此既然都出生在东洋的国家,所以互相同情理解,互相扶持双方的事业是可能的。以后时常这样一起吃吃饭,互相交换交换意见感想吧。"

我这样说着,开始做回去的准备,故意掏出怀表看了看,已经接近十一点了。

女招待拿着账单过来,餐桌上吃的喝的都没了,可是他还在说着什么。我想着应该支付五元多钱,正要打开蛙嘴钱包的时候,他突然说道:

"钱我来付吧,我请你。"

---

1 马志尼(Giuseppe Mazzini,1805—1872),意大利作家、政治家,统一运动的重要人物。
2 加富尔(Camillo Benso Conte di Cavour,1810—1861),意大利政治家,统一运动的领导人,后来意大利王国第一任首相。

说着立刻将手伸进裤子的口袋，咣当一声往餐桌上投掷了一枚十元金币。

我硬是想让他收回金币，为了自己能付钱与他长时间相持不下。这下他却发话了："既然我也付了钱，今晚我们就去吉原吧。"他说得很坚决，又让我为难起来。更让人惊讶的是，他说自己大概一周去一次吉原，和角海老[1]的一个叫什么的名妓是老相识。

"不过，话又说回来，你怎么会带着金币呢？"

"我特别喜欢金币，总是到日本银行把纸币换成金币，哗啦啦放进口袋，这样走起路来心情特别爽快。你看，就像这样。"

他说着，一只手的手心上盛满了金币，在我眼前挥舞着给我看。我竟也想象不出那到底是多少钱。

"有这么多呢，所以没问题，我们这就打辆车去吧。"

我第二天有工作，并且这段日子对玩也提不起兴趣，实在不愿同往，于是只管拉着他走出了"伊豆荣"的门口。

"你不去太遗憾了，那我就一个人去了。我家住得远，现在回去很麻烦。"

---

1 吉原花柳街的一个屋号。

他把我领到上野火车站前的出租车聚集地，最终在那里死了心，独自一个人坐上车，让司机载他去角海老。

临分别前，为了便于联络，我问了他的住址，他从车窗里探出脑袋，反复说道："近期一定来啊。"在我的手心里留下一张名片就走了。"府下荏原郡大森山王一二三番地，印度人 马提拉姆·米斯拉（Matiram Misra）"——名片上这样印着日文和英文字。

我从第二天起停止去图书馆，闭门在家半个月，完成了《玄奘三藏》的原稿。起笔较晚，截稿日又迫在眉睫，所以内容并非令人满意。四月《中央公论》刊登出来以后，我就给大森的米斯拉寄去了杂志和谢函，并准备在空闲的时候，登门拜访一次。可是后来去伊香保旅行，又逢母丧，忙于诸般事情，也就忘了。

于是到了五月下旬的某日，接到了米斯拉的一封来信。说是此前在《时事新报》上看到我母亲逝去的消息，便寄来了一封用奇怪的日文写的吊唁信。我立即回信表示感谢，并说近期内想前去拜访，问他是否方便。

我很快收到了那封信的回复。"我每天晚上六七点过后应该都在家，你随时来玩吧。只是你来访的时候，要是不巧我去了角海老不在家的话，我会很过意不去，所以请尽量提前通知我一声。"信上这样写着。尽管如此，我却没有提前发出通知,突然兴起,就在某天的傍晚去了大森。

到了米斯拉家的时候,外面的天已经全黑了。此时正值六月十号前后,天空不知不觉间变得阴沉沉的,像是入了梅,细雨伴着湿润的晚风飘了下来。他家建在沿着院线铁路[1]靠近山手的一侧,是一幢平房风格的小屋。西式住宅在这种天气的晚上都会显得阴沉沉的,果然他家也让人有同样的感觉。门的左右两侧,有低矮的光叶石楠绿篱,隔着狭小的院子可以看到木造的主宅,整个房子缠绕着犹如刚刚发芽的爬山虎,面朝大街的窗户中没有漏出一星点光,只有门灯孤寂地亮着,透过树叶照着栽植的芭蕉的嫩叶,叶子每每随风摇曳,雨就淅淅沥沥滴落,夜里看也鲜亮地发着光。我在玄关为了寻找门铃费了好大功夫,被雨浇得透湿。

出来迎接的是一个年轻的日本女仆。递上名片不多时,米斯拉兀自出现了,像是眷念久别之情,用力摇动我的手,说道:

"快点儿请进吧,真没想到这样的天气你也会来,真是好久不见了。"

---

[1] 铁道院时期的国有铁路。

他把我领到靠近玄关右手的房间，似乎突然想起了什么。

"比起客厅，不如看看我的书斋，那里更容易静下来说话。"

说着，他把我带到了书斋。

从走廊被招呼到室内的时候，最先映入我眼帘的是房间正中间的巨大书桌。天花板上的吊灯透过绿色的丝绸灯罩洒落着光，正好清楚地照射着正下方的桌面，只有那一处明亮如幻影。主人好像刚刚在绘制什么图，桌上满满地铺着一张张图纸，尺子、圆规、颜料什么的，散乱地放着。

"突然拜访，是不是打扰你学习了？如果你很忙，我就下次等你有时间了再来……"

听到我这么开口，他答道：

"怎么会忙呢？太闲了没意思，就涂涂画画。你来看看这个。"

他握着烟管的手指着图纸说：

"你猜这是什么？——这就是那个我打算回国后成立的水力发电公司的设计图。这块土地大致有十英亩大，位于开垦的森林的山腰处。另外这里有湖水，想用这里的水来发电……"

这家公司有几百万元的资本，生产多少伏特的电，这里有几百职工干活,在这间房子里做什么,如此等等,我无奈地听他热心讲述自己——精心策划的蓝图。平面图和立体图分别画在两张大型的纸上,细致地着了色,还用英文漂亮地嵌入了这样的字样:"旁遮普邦水力电气股份有限公司设计图"。不管怎样看,都是一家规划宏伟的大公司。

"……也就是说你的计划就要实现了,是吧?你什么时候回印度呢?"

"哪里,我还不想回去哦,这些都是空想呀。啊哈哈哈……"

他突然咚的一声坐到椅子上,大声笑起来。

"资金、湖水、十英亩[1]的土地,无一不是我的空想,我只是尝试着在纸上用墨和颜料构建我的大公司。同样是空想,这般驱使脑和体力,倒也可以成就像模像样的,也可以说是一种艺术,啊哈哈哈……"

我毛骨悚然,不禁偷眼窥视了一下他的脸,"说不定这个男人已经疯了"——这种想法瞬间在我的大脑中闪过。

我暗地里留心他的状态和房间里的情形。两人此时面对面隔着书桌,米斯拉的胡须以上的部分正好隐藏在灯

---

[1] 1英亩约为4046.86平方米。

罩的阴影里，房间尽头的书橱周围光线最暗。室内约莫有十五张榻榻米大小，作为书斋面积的确相当可观，装饰和设备都显得很齐全。书橱左侧墙壁上煤气炉关着，右侧橡胶树的花盆那头镶嵌着一扇玻璃门，门外有阳台，似乎可以远眺大森的海，南风时不时啪嗒啪嗒地撞击着它。

女仆端来了红茶的工夫，米斯拉收拾好绘图用的器具，又兴致勃勃地说了起来。他的举动并没有什么异常，只是让人觉得说话的语气多少比以前更性急，眼神更犀利了。身着深色的哔叽西装，戴着大颗祖母绿戒指，依旧是一副达摩般的容貌。

"我现在每天上午也去上野图书馆，最近连政治经济学也厌倦了，上次翻了一下叔本华和斯维登堡[1]，偶尔也觉得那样的书挺有意思的。"

话题从这些方面逐渐转向了宗教和哲学的领域。他把西洋的形而上理论和大乘佛教的唯心论相比较，主张东洋人的思考方式虽然并不科学，但把握事物核心的直觉力，却是西洋人所不及的。

"因而如果说哲学和宗教的极致在于洞察藏在现象背

---

[1] 伊曼纽尔·斯维登堡（Emanuel Swedenborg，1688—1772），瑞典科学家、神学家。

后的实在的灵性，从而大彻大悟的话，那么东洋远比西洋先进得多。用西洋人擅长的分析归纳的方法，是无法观察现象背后的世界的……"

他立刻拿出一贯的演讲口气，又像上次在"伊豆荣"二楼时我所见到的那样高谈阔论、滔滔不绝起来。论旨并非他自己的独到见解，而是迄今被反复说过的陈词滥调，可是他的舌端充满精锐之气，一下子睁大的眼睛里有一种胁迫的力量，使我不得不一直倾听下去。

"不过你从前不是极力批判东洋的虚无思想，讴歌科学的吗？最近喜欢上东方学了？"

我终于见缝插针，把这个问题塞进了他的长篇大论之间。

"不，我以前就不讨厌东方学，我从来没有倡导过一次科学万能主义。"他气势汹汹地叩响桌子说。

"我批判东洋的虚无思想是出于爱国者的立场。依我的看法，物质和灵魂是彻头彻尾相对立的概念，无论到哪儿都不可能达到一致，人无论如何只能从两者中选择其一。所以一个民族，如果希望国家繁荣、拥有权力，就只有舍弃灵魂，追从物质。从这一点来说，创造科学文明的欧洲人是物质世界的佼佼者。如果印度人在人类居住的这块土地上，想和欧洲人争霸的话，那么婆罗门教和佛教的哲是有害而无益的——因此，对于把祖国的独立作为毕生事业的我来说，不得不批判东洋式的厌世观，但是一旦离开自己的立场，就可以发现印度人所具有的思想和哲学，是自古以来人的大脑中经过思考而形成的，最幽玄、最深远的真理，是科学的力量无法突破的。我们长期接受西洋教育，因而容易陷入不被科学证明的真理就不是真理这样的思考模式中。然而我时常感到印度人的主张仍然是正确的。我们只是向科学求教支配物质世界的法则，而懂得心灵世界的秘密的，唯有印度人。物质与物质的关系，或许可以用科学说明，但物质与灵魂的关系，非印度人不能诠释。我以前也曾跟你说过，今天印度的行者中能够破解科学家无法解释的迷惑，证实奇迹的存在的人绝不在少数。事实上，当我还是个五六岁的孩子，住在加尔各答的时候，经常见到一个叫哈桑·罕的男人，他是个会行奇术的僧人……"

听到这个妖术师的名字的同时，我心潮澎湃，不觉凑近了他。

"啊，正是那个哈桑·罕的故事，我早就想问问你了。"我抬起手制止了口若悬河的米斯拉。

"其实上次在'伊豆荣'的时候，我就想问你了，可是因为插进了别的话题，我今晚也一直想问你。这个魔法师的传记，我在一本书里看到过，可是我想知道更加详细的事迹，没想到你见过他，真是太意外了。"

"哎呀，我才感到意外呢，你竟然知道哈桑·罕的名字。要是你希望的话，我倒是可以说给你听听……"

他突然转过身，望向玻璃门外的夜幕。此时他的眼睛像是凝视着什么刺眼的东西，不停地眨着，鼻翼周围浮现出得意、狡猾又有些怪异的微笑。

"总归还是小孩子的时候，记不太清了，因为我父亲是哈桑·罕的信徒，所以他常常来我家。你刚才说他是魔法师，可他绝不是简单的魔法师，他可是开创了一大宗教流派的圣僧啊！"

"我看的那本书里，说他是穆斯林，有时会随心所欲地驱使魔法干坏事，看来这不是事实对吧？"

"不，也并非不是事实。"

他的语气逐渐变得不像从前那样激厉了，仿佛一边追逐着遥远的记忆，一边静静地、若有所思地补充。

"哈桑·罕年轻的时候，信奉过伊斯兰教。说他常常使用魔法做坏事，也完全不是谎言，但那是偶尔对诽谤他信条的人加以惩罚罢了。也就是说，他是为了弘扬教义才利用他擅长的魔法的，绝不是没有任何理由地乱行恶事。本来我们印度人认为魔法——sorcery——这种东西是人类苦修难行达到解脱的妙境时，自然而然获得的一种神通力，和基督教徒称之为恶魔的使者并加以排斥的巫术,意思是截然不同的。在中国,孔子也说不语怪力乱神云云,魔法之于印度的地位和这个是完全对立的。看了《阿闼婆吠陀》的经典就会明白,从数千年前的古代开始,魔法就是宗教上极为重大的要素,我们所说的魔法师,不是指世上一般的奇术师和巫觋之类,而是意味着可以超越现象的世界,和宇宙间的神灵交流的圣僧。哈桑·罕就是这样的人。尤其在他所倡导的教派里,魔法更是举足轻重,甚至可以说是他宗教的全部内容。他的教义也好,哲学也好,宇宙观也好,悉皆可以凭借魔法来解决……"

"那么,他的这种魔法具体是做什么呢?能不能根据你所看到的实例,作一些说明呢?"

达到了顶点的我的好奇心,使我极端地性急起来。为了不时让他动辄变成抽象议论的言谈趋于正确的方向,我必须努力,不能掉以轻心。

"你别着急。我会告诉你具体例子的,要解释他的魔法,首先,必须从他的宗教开始说明。"

米斯拉如此说着,悠然呷着红茶,目光依旧落在茶杯里,沉思良久。

为了不放过对方的一言半语,处于高度紧张状态的我的听觉,此时捕捉到了室外哗啦响起的倾盆大雨声。闷热得有些窒息的屋内寂静无声，雨点从房子周围落下来的声音听起来十分亲近，甚至让人觉得它是不是淋湿了屋内的东西。远处大森的车站，火车的汽笛犹如从蒙蒙雨声的底部沉入奈落[1]般哀鸣着。

"细说起来话太长了，我告诉你大致情况吧。其实他的教派还是孕育自佛教和印度教的哲学，因此对我们来说，并不是那么稀奇的思想。"

不一会儿，米斯拉在桌子上摊开一张信纸，一边用铅笔勾画着图，一边继续说道：

"根据哈桑·罕的理论，宇宙有七种元素，它们形成了现在的现象世界。所谓七种元素就是——第一，燃土质；第二，活力体；第三，星云的形体；第四，动物的灵魂；第五，人世的智慧；第六，神的灵魂；还有第七是应该称之为太一生命的东西。可是这七种元素不是从一开始就分别独立存在的，而是归于在它们之上的涅槃。也就是说，世界万物的根源即涅槃，只有涅槃是永远不灭的真实所在。要说涅槃是如何生出这七种元素，创造生灭流转的世界的，

---

1 佛教语，意指地狱。

那是与佛教和数论派[1]的哲学相同,都是凭借无明[2]的作用。无明牵制涅槃方才生出太一生命,而太一生命又作用于无明生出神的灵魂,从而渐渐分出第五、第四、第三元素。由于在宇宙的涅槃这一大主观的海洋里,无明只是微微地与其相关,所以太一生命还不是认识的主体,也没有对象的这种说法。另外,其后的第六元素,即神的灵魂,是太一生命分裂成一个个小主观的最初的形态,它只拥有'无象之相',或生存的意志。到了后面的第五元素,即人世的智慧,才逐渐产生认识的客观对象。再到第四元素,即动物的灵魂中,面对外境,喜怒哀乐的感情加剧,各种各样的欲望和执着就会增加。哈桑·罕将第七元素太一生命命名为纯主观性存在,第六元素到第四元素'动物的灵魂'为半客观性存在。毕竟无明影响涅槃的程度越深,物质战胜精神的客观性也就越强。而从第三元素到第一元素是精神成分最稀薄的状态,故将此称为纯客观性存在。一切无生命物质皆属于此类,日月星辰由第三元素构成,风火水等由第二元素构成,其他众多矿物由第一元素构成。以上是我对他关于实在及现象的见解作的大致解释,尤为重要

---

[1] 印度六个正统哲学派系之一。
[2] 佛教语,即根本性的无知、愚昧。

的一点是，哈桑·罕是一元论者，而非二元论者。如果以涅槃为精神，无明为物质的话，似乎也可以把他看成二元论者，但无明本来包含在涅槃之中，就好比金属生了锈，清净静寂的涅槃表面生出的模糊不清的东西就是无明……"

"多亏了你，我基本上弄明白了。好像哈桑·罕的学说比较接近马鸣菩萨的唯心论。将第七元素太一生命用佛教的阿赖耶识[1]来解释的话，应该没有错吧。"

"你再耐心地听一会儿，接下来才讲到他的世界观Cosmology[2]。这也是以印度古代的传说为依据的，首先将宇宙分为永恒不灭的世界和生灭轮回的世界两部分。不灭的世界包括位于苍天最上层的涅槃和其下层的无色界、色界两个世界，无色界中充满太一生命，色界中浮动着神的灵魂。色界下层是欲界，再下层是须弥山的世界，这些世界是在摩诃劫波之间毁灭殆尽，经空劫后再次形成的生灭世界。处于生灭界最高级的欲界，占据了须弥山山顶到色界为止的空间，居住着神的灵魂和人世的智慧化合而成的

---

1 佛法唯识学，即眼识、耳识、鼻识、舌识、身识、意识、末那识、阿赖耶识中的第八识，意指存在于知觉或认识、推论、自我意识等各种意识根底的意识，成为一切心理活动之源的意识。
2 宇宙论，宇宙哲学。

诸天人和低级的众神。欲界以下的须弥山的构造，和普遍被认知的没有太大区别，我就简单扼要地说明一下吧。这座山屹立于宇宙中央，高度八万由旬[1]，周长三十二万由旬。传说山的北面由黄金构成，东面由白银构成，西南由琉璃构成，西面由玻璃构成。须弥山外侧隔着七个内海和七座金山与咸海相望，再往外被大铁围山环绕着，包含着整个世界。此等九山八海，由其底部的金轮、水轮、风轮三轮支撑，金轮和水轮的厚度共计十一亿两万由旬，风轮的厚度是十六亿由旬。那么，我们人类住在这个世界的什么地方呢？围绕须弥山的咸海，四方各有四个洲，南方的阎浮提洲即人类栖息的国土。也就是说，阎浮提洲相当于地球上的大陆，日本、印度、欧洲都属于这个洲吧。据说其他三个洲也有一种人类居住着，但其容貌、形态和我们大不一样。人类以外的生物中的龙众、夜叉、阿修罗、紧那罗[2]等恶神恶鬼，分布在位于欲界下方的须弥山的山腰到山麓的地方，而畜生主要住在海洋，饿鬼住在阎浮提洲地下五百由旬的地方，地狱则在四大洲的地下一千由旬的地方。哈桑·罕的世界构成理论大体就是这样。就像现在人们时

---

[1] 古代印度的距离单位，牛车一天的行程，约合十几公里，诸说不一。
[2] 意译"人非人"，音乐天，与龙众、夜叉、阿修罗等同属天龙八部之一。

常提到的,这并不是什么新鲜的教义,只有与魔法结合之后,才大放异彩。"

说着说着,米斯拉不由地动起铅笔来,在信纸上画出了雄伟的须弥山图。这幅图比他说的话还要细致,从山顶到山麓之间,还加上了轮回世界的千姿万态、生长在其间的植物、宫殿的景色、随处耸立的峰峦的名称,就连在山腰的半空中运行的日月星辰也加上了。

"我们只是依据传说,虚幻地想象着涅槃和须弥山的世界而已,实际上既没有人看过,也没有人相信。特别是对于具备了科学知识的现代人,它仅仅是滑稽的、充满矛盾的古代人的妄想。然而如果有人怀疑自己的理论,哈桑·罕说可以随时让他看到须弥山的世界。怎么让他看呢?首先用魔法分解那人的身心,让他的精神游离在虚空中。需要说明的是,人类的精神是由神的灵魂、人世的智慧、动物的灵魂这三种元素构成的,因此,一旦精神被游离,可再次分成这些元素。这时候,这个人的精神就单单变成第六元素神的灵魂,接着被净化,回归到无色界的太一生命,最终升腾至最上层的涅槃界。到了那时候,这人的精神便和宇宙的大主观具有同一性,'此人'即涅槃。然而,涅槃一旦受到无明的熏染,则相反地开始向下层世界沉淀。先降到无色界,然后降到色界,再降到欲界,抽象渐渐变成具象，终于在降至须弥山顶之前，此人的精神再次按照神的灵魂接受塑造。至此，此人便拥有欲界居者，即天人的形体和性质，获得行游自在的通力，或飞翔于天空，或沉潜于奈落，从须弥山腰的恶神世界，往返遍及海底的地狱、饿鬼的世界，并可以仔细端详六道的光景。于是，巡视过四大洲，终于来到咸海中的阎浮提洲时，哈桑·罕中途前来迎接，将此人领到他世间原本的住处。与此同时，此人又在不知不觉间丧失天人的通力，完全回到从前的'此人'的状态——

"这就是哈桑·罕魔法中最重要、最令人惊叹的技艺。也许有人会说这是一种催眠术，但如果是催眠术，至少从天人变回人类的瞬间，会伴随着从梦中醒来的感觉，而中了他的魔法的人，最终也没有这种感觉。首先，出到须弥山世界迎接的哈桑·罕，直到'此人'变为人类之后都始终显现在他的眼前，因此梦境和现实之间无论如何也看不出边界。世间都说是魔法，但让哈桑·罕自己说的话，那必定是凭借难行的功德，才可体悟到的正法。修此正法的人，可以活着从轮回世界解脱，具有将自己甚至他人的灵魂自由地引领至涅槃世界的力量。并说这就是宗教的极致。"

"原来如此，我终于第一次弄明白了什么是哈桑·罕的魔法。如果刚才你说的都是真的，那该是多么令人惊叹的魔法，伟大得如同宇宙本身。恐怕在他的魔法面前，其他一切科学和哲学都不具任何权威了吧。——我其实一点儿也没预想到它是那么的厉害，那么的殊胜。我读过的书中只不过写着他有时叫来仆从魔神，施展匪夷所思的魔法罢了。"

"是吗，那本书里写到了魔神？"

这么说着，米斯拉不知为何非常慌张地突然从椅子上站起来，像是头痛似的用一只手按着额头，在房间的四处慢慢地踱起步来。

"怎么啦？哪儿不舒服吗？"

"不是。"

说着他稍稍摇摇头，一副仿佛极为痛切的，又像是极力隐藏某种感情的样子，说道：

"那个魔神，就是住在须弥山腰的夜叉世界的魔神……"

他用强装镇静的声音说道。

"哈桑·罕假装人的模样，降临到了阎浮提洲，他其实是住在色界的大梵天神，几年前在尘世死了肉身后，回到自己原来的世界，夹杂在诸多光明佛之间，在那里一直生存到今天。而魔神，是侍奉大梵天的家臣，当哈桑·罕在人间的时候，总是如影随形。如今，他也时常化身大梵天的使者，为传达神的旨意降临人间。但是，能听到魔神的声音的，只有哈桑·罕的信徒。信奉他的教义的人不仅可以听到魔神的声音，就连那个身体——那个非同寻常的身体也能看得见……"

米斯拉说了"那个身体"之后，又改口说"那个非同寻常的身体"，对此我不由得觉得奇怪。不仅如此，刚才还在房间里踱着步子的米斯拉说罢之后，突然站住，像是等待回答似的，频频窥视我的面色。

"你说那个非同寻常的身体，那是因为你见到过魔神是吗？"

问这话的时候，我的声音都在打颤。明明把想问的问了，可不知为何我心里有点慌。我直觉，随之而来的会是一个可怕的事实。

"是的。我见到过，我以前是哈桑·罕的信徒。"

米斯拉这么说着，总算平静地坐了下来。

"老实说，你提到这个问题，既让我感到不安，也让我觉得愉快，所以刚才一直犹豫要不要回答你。既然话已至此，也没有必要再隐瞒什么，我就坦白了吧——我记忆里的哈桑·罕这个人，是个贼眉鼠眼、说话结巴、前齿脱落的老头儿。可是，我并没有直接接受他的教化，我是从他的狂热崇拜者——我的父亲那里仰承信仰的。那时，我的父亲是哈桑·罕的第一高徒，成了几乎不亚于其师的魔法高手。父亲说要以己之魔法，成就印度的独立。我每每得益于父亲的魔法，游历须弥山的世界，巡访上至兜率天[1]，下至八热地狱之底。而且，好像在八岁那年，父亲说要将魔法传授给我，把我带到喜马拉雅山的深处。我们去朝圣帕舒帕蒂纳特庙[2]、凯达尔纳特寺[3]的圣地，最终到达俾路支斯坦的欣格拉杰寺拜谒，之后返回加尔各答。经过一个月的禁食后，我终于学会了魔法秘术，既可以自由地唤魔神出来，也可以让自己和别人的灵魂游走于须弥山的世界。父亲死后变成天人，住在须弥山的最顶峰的善见城，我还时常上那儿去见我想念的父亲。"

我与米斯拉二人的脸隔着明亮的桌面，相对于灯罩的昏暗之中，此时我发觉米斯拉异常灼耀的目光陡然变得可怖起来，便低下了头。我的眼睛自然而然看到了桌子上的须弥山图。这张图已不是单纯的古人的妄想，它和欧洲及美国的地图一样，仿佛是实在世界的缩略图。想到这里，我感觉自己有一半像是着了魔。

---

1 佛教所说欲界六天中的第四天。
2 帕舒帕蒂纳特庙（Pashupatinath Mandir），印度教寺庙，位于尼泊尔加德满都。
3 凯达尔纳特寺（Kedarnath Temple），印度教湿婆神寺院，位于凯达尔纳特镇。

"从那以后，随着长大成人，就像上次跟你说过的，我对于印度人的宗教信仰，极力诅咒起来。我开始相信，父亲事业的失败是因为热衷于宗教。我从心底里憎恨哈桑·罕的这个邪教，断定它是愚弄民众的妖法。于是我努力忘却好容易才掌握的这种魔法和教义，尽可能亲近西洋的科学思想，试图改造自己的头脑。此番改造虽然颇为劳神伤骨，但取得了成功。啊不，的确取得了一时的成功。最近二十年来，我的心变得完全非印度化了，不用说思想，就连情感作用也西化了，对此我坚信不移。然而就是在两三个月之前，正是在图书馆初次见到你的那阵子，有天晚上，我的眼前出其不意地出现了魔神的身影。之后一个多星期里，魔神每天来到我的身旁，向我传达已经升天了的哈桑·罕和我父亲的命令。'你是一个多么容易想入非非的人，你绝无可能改造你的头脑。你或许认为自己已经扔掉了从前的信仰和宗教，可是你的父亲和你的教祖至今仍未抛弃你。你至今依然具有神通力就是一个证据。你要是不相信，就验证一下吧，并且我奉劝你早日对自己的使命有所自觉为妙。'魔神始终在我的耳际喃喃低语着。你还记得那时候我深陷忧郁，不能自拔吧？我以前还是孩子的时候，一见到魔神就会不开心，这种感觉我那时是很久没试过了。好像是和你一起去鳗鱼料理店的那天早晨，在图书馆的庭院里，你跟我说话了吧？那时我立刻不悦，紧盯着远处，这个你一定没有忘记吧。那个时候，我听到了你的声音的同时，也听到了魔神的声音……"

米斯拉像是不堪忍受自己发言的恐怖，缩拢肩膀，两手紧紧放在胸脯上，全身颤巍巍地说着。他的两眼像疯癫病人一样，徒然向虚空睁着，下巴颏儿激烈痉挛，额头的发际渗出了淋漓的汗水。

"……从那时开始到现在，我不断地、每隔十天就会受到一次魔神的袭击。魔神总是说'你试试魔法吧'，执拗地催促我。我虽然也好一阵子对他的忠告表示反抗，可是，这段时间也想试试自己还有没有少年时期的神通力，不然心里会不安。于是十几天前，上个月末的某天晚上，我终于下狠心，将自己关在这个屋子里，试着念起二十年来从未念过的秘密咒语来。于是你猜怎么样，我的身体立刻产生了分解作用，我的灵魂还原成了第六元素，飘飘然升上天空，从涅槃界降到无色界，又依次从无色界降到色界、欲界，瞬间就到了善见城父亲的住处。我的父亲预先知道我的到来，流着泪教导了我一番。那之后就不用详细说明了。我在父亲的指引下穿过小时候多次游历过的六道世界，半道上告别父亲以后，随即畅通无阻地回到了人间。——结果，我仍然具备神通力这一点得到了证实，构建我的头脑的科学知识,从根底开始动摇。你大概可以推测眼下的我有多么烦闷吧,我怎么才能调和我学过的化学、天文学、物理学、生理学和这须弥山的世界呢?科学教我们重视经验,而须弥山世界的景象对我来说就是确实的经验,是比科学上的事实更加明确的事实。我的脑子走到哪儿都是印度人的脑子。看来,我生下来原本就是不科学的人类。"

这么说着,米斯拉恼怒地揪起头发,突然趴在了桌子上。

写到这儿,读者恐怕已经想象出当晚之后发生的事情了吧。先后听完了魔法的说明和实际体会的我,最后竟也亲自实践了一番。

我对米斯拉这么说:

"我现在相信你通过自己的神通力周游须弥山世界的事情确为事实,并且认为这绝不是什么梦境或妄想。唯其这不是梦境,你才这样烦闷。那么,请你也让我看看这个须弥山的世界吧。这到底是不是催眠术,这回让我来判断一下。如果我以自己的经验可以证实这是催眠术,你的烦闷就可以完全消解了吧。"

对于我的提议,米斯拉没有硬要反对,不仅如此,他一直没有对别人尝试过自己的魔法,所以也十分好奇。于是,实验很快开始了。

对于那天晚上的体验——那次一辈子都难以忘怀的体

验,该如何向读者传达才好呢?那时世界的状况、我的心境,即使在现在回顾起来,我也依然和米斯拉一样,只能认为这是个事实,至少绝不是梦境或者催眠术。

假如我要详细叙述我所目击的须弥山世界,恐怕花上几年也讲不完。那注定需要几乎和宇宙同量的纸张和文字。所以我在这里就把其中最有趣的、最重要的两三个体验简单记载下来吧。

米斯拉首先要求我和他面对面坐在椅子上,尽量屏住呼吸。我对此没有感到丝毫的痛苦,一直愉悦地持续着。我的感觉先从嗅觉,依次到味觉、触觉、视觉逐渐消失,只有听觉依稀留存片刻。我的耳朵,很长时间里都还能听见米斯拉念咒的声音,还听到座钟鸣响十一点的声音。稍许,听觉也完全消失,而意识却十分清醒,保持着一种五感以外的内感觉。我明确知道自己被如何摆布,处于怎样的状态。我对我所存在的整体唯有清净的恍惚感。我凭借内感感知到自己业已变成神的灵魂,渐渐地朝着上方不断升腾。

不一会儿,仿佛与太一生命会合,升到了无色界。我感受到这个"我"实乃稀薄的微气性大身体。然而末了,连这样的感觉也没有了。恐怕是进入涅槃界了吧……

我的意识再次模糊起来,好像有某种追随存在的倾向频频将我往下方拉动。

我感知到我的周围有很多和我一样的灵魂在浮动。

我的内感渐渐和原初一样清醒起来,不知不觉,发现"我"这个东西是由紧密相连的皮衣包裹着的。我除了以前的内感以外,还具有了运动意识。皮衣下面似乎已经有筋骨、内脏。须臾之间,从嗅觉开始,五感一个个恢复过来,我的眼睛看见了光线、色彩、自己的身体。原来我是住在欲界的下层、须弥山山顶的天人。我一阵欣喜雀跃……

我在天空中飞行,从山顶下到了山麓。构成须弥山四个方向的四种地质,分别将各自的颜色反射到虚空,北方的天空金光闪耀,东方的天空白银生辉。行过四天王的世界,领略广目天王和持国天王等的风貌时,我无意中想起了他们在奈良东大寺戒坛院里的雕像。

所到之处都在上演着诸佛与恶魔的战斗。有站在持轴山顶,从数万由旬的高度往下界撒尿的阿修罗,还有迫害日轮和月轮的恶魔。此外,我还看到了无数庄严的世界和黯淡的世界,其中尤其让我心痛的,是住在咸海弗婆提洲的我那亡母的轮回之身。

母亲变成了一只美丽的鸽子,在岛的上空飞舞。她敛翅停歇在偶然经过的我的肩上,竟用人类的语言啁啾着忠告我道:"我因为生了你这样败德的孩子而受到惩罚,至今也成不了佛。如果觉得我可怜,你就从此洗心革面,重新做人。你只要做了善人,我立刻就能升天。"鸽子这番啼叫,声音酷似一直到今年五月还在世的我的母亲的声音。

"妈妈,我一定会让你成佛。"

我这样回答着,将她柔软的胸羽贴近脸颊,久久不愿离去。

秦淮夜

下午五点半,我暂且回到石板桥南的旅店。今晚应是月色宜人,就这样闲居在旅店的二楼,心里总觉得有点可惜,无论如何想再看一看那条秦淮河岸的街道,于是洗了澡,又雇了导游叫了两辆黄包车。

"饭都做好了,您吃了再去怎么样呢?"

女佣说着,瞪着圆圆的眼睛像是在说:你这是要去哪里啊?

"不了,饭在外面吃,今晚要去吃中国菜呢。"

我不管三七二十一,换上衣服,从二楼的楼梯跑下去了。

"老爷,今晚吃中国菜呀?"导游望着我的脸笑嘻嘻地说。

导游是一个三十七八岁,态度可亲,日文非常好的中国人。据说最近要去日本做陶器生意，是一个熟知日本人性格，头脑非常灵活的男人。这次中国之旅，我对于导游的冷淡、滑头时常感到不愉快，可是唯独这个中国人有些特别。他多少有些文化修养，是出生在此地的缘故吧，通晓这里的历史和传说，这不是无知的日本导游可以相比的。并且作为客人来说，因为导游是中国人，没必要无谓地拘谨，反而可以玩得更开一点。不是所有的中国人都缺乏诚信，只要旅店的人能给找个讲信用的人，我还是觉得中国导游最好。

"去哪个中国菜馆好呢？这附近倒也有……"

"这附近没什么意思，再去一次秦淮那里看看吧。"

于是，两辆黄包车在导游的带领下，从旅店前面的大马路直往南奔去了。

街上夜幕已经完全降临。和日本不同，中国无论北京还是南京，一到晚上就非常萧瑟。电车停了，连街灯也不点的街路上寂静无声，家家户户都用厚厚的墙壁和石垣围起来，不见一扇窗户，被板门严严实实锁住的狭窄的房门里，不漏出一星灯光。即使是在东京的银座大街那样繁华的街道，到了约莫六七点钟就有很多商店关门了，更不用说这家旅店近旁净是些落后的民宅，刚过六点就少有人走，大街上如同深夜一般万籁俱寂。月亮还没有升起，不巧天空中处处飘浮着乌云，似乎是看不到月夜的景致了。我们乘坐的黄包车发出咣当咣当沉闷的响声，打破了四周的沉寂（中国的人力车很少见到用橡胶做轮胎的）。此外，仅有一辆马车偶尔驶过，发出哒哒的马蹄声。然而，这辆马车的车灯也仅仅是照亮了方尺间的地面，车厢里漆黑一片。擦肩而过时车厢玻璃在暗夜里闪了一下，稍纵即逝。

黄包车在卢政牌楼的十字路口向左一拐，进入了愈发暗寂的街路。两侧耸立着外墙已剥落的高大砖墙，顺着这些重重叠叠的弯曲小路，黄包车也左折右拐地飞跑着，仿佛稍有不慎，两侧的高墙就会向我们夹击而来，提心吊胆生怕撞到墙壁上去。如果被抛弃在这样的地方，我花一个晚上也回不到旅店吧。行至墙壁的尽头，一块空地豁然出现，在四边形的围墙和围墙之间，有如脱落的牙齿横卧在那里。瓦砾也被层层叠叠垒起，如同废墟一般，形成了一个既不像沼泽也不像古池的水洼。所有中国都市的中央都有空地，这不足为奇，而这在南京尤为多见。白天经过的肉桥大街北边，堂子巷附近就有很多水洼，竟也有好几只家鹅在游弋。这样的地方或许可以称之为旧都中的旧都吧。

跑了好一阵光景又到了大路上，说是大路，勉强有日本桥的仲通[1]那么宽吧,两旁的建筑像是商店,可是没有一家开着门。却见路中央立着牌楼,白色的牌上写着文字"花牌楼",在黯黑中影影绰绰。

"这一带叫花牌巷是吗?"

我在黄包车上大声地问导游。

"是的,这里从前为明朝首都时,住着一些给宫廷的女官和官吏做衣服的手工艺人。要是那个时候来到这里,就可以见到家家户户的手工艺人摊开美丽的服装,用各种绢丝绣出绚丽的花纹。所以人们就把这条街叫作花牌巷了。"

中国人从前面的车上大声回应着。听他这么一说,这条昏暗的街道不知为何骤然变得亲近起来。在那些悄然无声的板门里面,如今是否也有那样的手工艺人在灯火下,铺开艳丽的衣裳,不知疲倦地挥动着那根精巧的绣针呢?……

在我耽于空想的工夫,车已跑过了太平巷、柳丝巷,越过了四象桥,秦淮的夫子庙也似乎就在近前了。白天也曾来过这里,可依然不知道往哪个方向去。路又变得很窄,车子随处撞见土墙,穿越空地,几度沿着右侧立有长长土

---

[1] 位于东京都中央区日本桥的街名。

墙的道路，左右迂回，终于来到了从姚家巷通往秦淮河岸的路上，夫子庙就在这条河岸路前方两三百米。这里白天非常热闹，拜谒的男女人流如织，出售粗点心、水果、杂货的摊子啦，表演杂技、耍大蛇的杂技棚啦，喧闹地排成一溜，但据说如今警察管得严，杂技棚和摊子到了傍晚六点就关张了。夜晚之所以如此冷清，也是因为闹革命，很多军队驻扎了进来。据人们说，在中国最躁动的就是军队。根据我的经验，当地的一般居民是极温和的，没见过搞暴动的，难对付的就是军人。北京天津也进驻了很多军队，到了晚上就成群结队地游走于大街上。又有规定剧院和娼馆只对军队免费提供游兴，所以其他客人自然就不去了。于是，军队跋扈的地方，繁华街就不繁华。尽管说是闹革命，可是这一带眼下颇为太平，难以理解为什么要驻扎军队。他们胡乱将市区的名刹古寺作为兵营加以占领，弄得人心惶惶不可终日。或许不久的将来，这样的南京城也将成为最受他们诅咒的都市吧。

可是看来唯有饭馆对任何军队都难以实行免费制，从利涉桥的桥头到贡院西街隅角的两三百米之间，林立着南京一流的饭馆，它们一直营业到深夜。我们的黄包车在其中一家叫长松东号的饭馆前面停下了。

"到这里头看看吧，这家是地道的南京菜。"

导游说着率先进到门里去了。里面意外地比外面看起来还要壮观，中央是宽阔的长方形院子，四周巍然矗立着两层楼阁。涂着蓝色油漆的木造房屋绝非那么简陋，二楼的栏杆和廊柱上都有精细的雕刻，廊柱上下或是悬挂着提灯，或是装饰着盛开的盆栽菊花。站在院子里，只见楼上楼下所有房间都挤满了客人，赌博的、划拳的，热闹非凡。我本想尽可能在二楼沿秦淮河的房间占个座位，不料说是只有进门直走右侧的楼下才有一个房间空着，不得已就只好在此忍受了。房间里面倒也布置得相当舒适。北京一带即便是一流的房屋，室内也非常不干净，而今晚总算可以安下心来美餐一顿了。我在日本时就适时品尝过中国菜，就从店小二拿来的菜单中径自点了下面几样菜：

醋溜黄鱼　炒山鸡

炒虾仁　　锅鸭舌

还有其他几道凉菜和口蘑汤等。我感觉南方菜和北方菜在食材方面没有多大区别，可是味道迥然不同。特别是吃了最先上来的炒虾仁，感触很深。虾仁是这一带的特产，原料当然上好，味道也很清淡，清淡得甚至超过了日本菜。即使再讨厌中国菜的日本人，对于这道菜也不会不动筷子的吧。

"怎的,我听说这条河对岸青楼林立,漂亮的女人多不多?"

我一边不停地喝着绍兴酒,一边试探地问道。领路的中国人因微醺而泛红的脸上浮现出友善的微笑,应声道:

"嗯,漂亮的女人不会没有的,从日本来的大老爷们出于好奇都会叫上艺妓玩一玩的。我去帮你叫一个来,让她唱首歌,给她三个银元就行了。"

"光是叫到这里,听她唱首歌太没意思了,不如现在就到青楼看看去。你有认识的就领我去吧。"

"那倒有意思啊。"

中国人脸上露出会意的表情,眼角微微一笑点了点头。

"有意思是有意思,可是士兵会胡来,对岸的青楼都空了,一个女人也没有,艺妓们都逃到又黑又人少的里巷去了。所以找起来很麻烦。"

听他这么一说,我的好奇心越发旺盛起来。

"可是总有一个地方你是知道的吧?要是人少的地方,岂不是更有意思了?"

"啊哈哈哈哈,只要找了,就不会有不知道的事。好,好,我这就领你去。"

聊着这些话题的工夫,两人也酒足饭饱了。出旅馆的时候还是饥肠辘辘，这会儿就连我这个大食汉也开始发腻了。无论是隔壁房间还是院子对面的宴会厅，此时还是热火朝天。夜幕渐渐逼近了，划拳的怒吼声、沉醉在赌博中的人们转动银子的嘎啦嘎啦声，仿佛搅动秦淮水似的震响着。

"到了夏天就更不用说了，每天晚上家家饭馆和青楼都挤满了客人，漂浮在运河上的很多条画舫里，有唱歌的、拉胡琴的，非常热闹。这些天天气变冷了，客人也比平时少了。"

"画舫最兴盛的时候是什么季节？"

"嗯，大概从春天三四月到九月末前后吧。"

我着实后悔起没有提早一个月来。眼下这般寂静的夜，无法让我好好享受期待已久的南国情趣，我甚至想待到季节和暖的时候再来一次。

"今晚真是承蒙款待了！托您的福，我的心神也醉得恰到好处，我们准备出发吧。"

中国人喝罢第二壶绍兴酒，窥探着我的脸色说道。桌子上吃剩了很多饭菜，但是两人都没有再去沾碰的勇气了。叫来店小二一看账单，才两个银元，竟如此便宜地大大饱餐了一顿！这要是在日本的中国餐厅至少得七八元呢。来到中国发现，味道不好且贵的是西餐和日本菜，特别是中国人做的西餐简直没法下咽。虽说餐具没那么干净,但是吃中国菜还是最愉快且经济实惠的。

在饭馆前再次坐上车的时候已经过了十点。沿着河岸往东去,便来到了白天坐画舫从下面穿过的利涉桥的桥畔。南京的桥两侧都林立着人家,大多既看不见河水也分不清桥是从哪儿开始的,唯独秦淮河上的桥是个例外。无论是文德桥、武定桥还是这个利涉桥,都是在日本乡村也能见到的木造桥,白天看到铁栏杆上晒满了白菜。河岸这边饭店屋檐毗邻,河对岸是一条斜狭的巷子,众多的妓院参差错落、栉比鳞次,地方像是大阪的道顿堀,只是果然如导游说的,家家户户都紧闭着门户,不见一丝光亮。不知不觉月亮出来了,从薄暗的天空中泻下一抹淡淡的光,将青白的影子映照在混浊慵懒的运河水面,周边一片黑暗,沉寂如死城。跑到利涉桥头的黄包车仿佛被这座黑暗的城市吞噬着,折向了左方。不可思议的是,从河道处望见的那般众多的妓院,一旦来到跟前却不知入口在哪里,依旧要在土墙环绕的狭巷间迂回穿梭。路窄得只能勉强通过一辆黄包车,地面凹凸不平地铺满了砖头大小的石块,在这样的路上车子咣当咣当地剧烈摇晃着,且不住地在墙角拐来拐去,我几乎迷失了方向,竟连哪边是河,哪边是转角也不知道了。不一会儿,车竟拐到了无法通过的极为狭窄的拐角处，于是便让车等在一旁，两人贴着围墙开始步行。鞋跟不时碰到铺路石突出来的棱角，走得磕磕碰碰，实在让人生烦。不知是小便还是食用油，到处流淌着黑色的液体。与其说白壁，不如说因沾满污垢变成了鼠色的土墙上方，月儿投下朦胧的光晕，只有照到的地方才如同电影里的夜景一般微微发出光亮。说起来这条巷子酷似电影里常常看到的西洋后街的光景，时有恶棍手下潜逃至此，或有什么侦探到这盯梢跟踪。扎进这样的地方，假如中国导游是个恶棍，结果将不堪设想。想到这里，不禁有些毛骨悚然。

"喂，我说那个谁呀，这样的地方真住着艺妓吗？你不知道她家在哪里吗？"

我低声在导游的耳边问。

"嗯，你等等，应该就在这附近……"

那中国人也小声地应着，不知为何在同一个地方频频地转来转去。或许不是同一个地方，但这一带的路就是如此混沌得让人说不清楚。不久，遇上了一家右侧有着两米宽门面、灯火通明的房屋，像是卖食品的店，看上去像烤山芋的火炉里冒出热烘烘的向上升腾的烟。走过那里再往前行十来米，有个拐角向左拐，中国人让我在那里等，便又回到冒着烟的房屋前面，向店里的人反复打听什么。唯有这个站在巷子里的中国人的脸，被店里的灯火照得通红，浮现在暗夜之中……

不一会儿,他踅回我这边,用轻微的声音快活地哼着歌儿,又走到我前头去了。

"喏,就是这里了,进去看看吧。"

他仅仅又向前走了五六步,忽而停下,这样说着。

只见右边墙壁上的一盏小小方型门灯独自闪着微弱的光,几乎熄灭。玻璃上用红笔写着"姑苏桂兴堂"几个字,已多处剥落,但还可以辨认得出。门灯下面有一扇门,勉强可以一个人通过。虽说是门,就是在七八十公分厚的墙壁上挖一部分下来,里边还严严实实挡着门板,不用说家中人的声音和灯火是漏不到外面去的,不仔细看,还以为单单是土墙的表面凹陷了一块。原来如此,难怪有墙壁连绵不绝却总也找不到入口的感觉。正要伸手开门,发现门前竟有人影晃动。那被墙的厚度所营造的深深暗影包裹、倚靠在门户上的身体,宛如 niche[1] 里伫立着的雕像,或许是看守还是什么人吧。中国导游上去三言两语了几句,那男的便立刻点头将后面的门户嘎吱嘎吱打开了。

家中也异常昏暗。据说南京虽然有照明设备,但这些

---

1 壁龛。

人家害怕部队的粗暴,为了尽可能不招人注意,特意使用煤油灯。——五六个面相不佳的男人围着桌子,看样子是在赌博,穿过这间房间,走过大凡这样的建筑都一定有的中庭,尽头便是垂挂着两三枚门帘的女人房间的入口了。我被领到了最靠左边的一间。

室内几乎没有可以称得上装饰的东西,四周的墙壁上贴满了卷纸一样闪闪发光的廉价壁纸,然而就连这样的纸也显陈旧,虽说是闪闪发光,实际上和毛坯墙一样粗糙。只记得一边放着紫檀的桌子和两三把椅子,还有唯一的一盏光照不及四隅的落地油灯,氤氲冒着煤烟,阴郁得让人无法想象这是这类妇人的闺房。屋里最初不见任何人,我便坐在椅子上等候片刻。这时有一个身着蓝色衣服的看起来像是老鸨的老妪,端着盛有西瓜子和南瓜子的托盘出现了。老妪的长相不像是贪得无厌的人,用中文絮絮叨叨地说着让人听不懂的话,笑嘻嘻地望着我,态度很和悦。之后,一个看样子是这间闺房主人的女人,后面跟着两个十二三岁的小姑娘,楚楚动人地走了进来。只见她在我和导游的中间坐下,一只胳膊肘支在桌子上,另一只则伸了出来,将自己带来的烟卷儿敬给我们。我通过导游翻译问她才知道,她今年十八,名叫巧儿。浮现在晦涩凝滞的光线中的脸颊圆润丰满,白皙生辉,单薄的鼻翼周围微微透着肉红。

尤为美丽的是，比身上的黑缎子还要乌黑光泽的头发，以及诧异般瞪圆的、熠熠闪亮的、似有万般柔情的眸子。虽然在北京也见过很多女人，但未曾见过这样的美人。实在令人不可思议的是，在这样煞风景的、被昏暗污浊的墙壁所围绕的屋子里，竟也住着这般妩媚妍丽的女人。用"妍丽"一词形容这种女人的美，大概才是最恰当的吧。不消说，不但是这张大体上典型的美人脸蛋，而且光润的肌肤、转动的眼睛、盘结的发型、整个身体的举止，无一不散发着训练有素的艺妓的娇娜。她在说话的时候，眼睛和手始终没有停下过，时而一边用手撩动着遮蔽着额头的浓密刘海和金色花型端头镶着翡翠珠子的耳环，一边晃动着脖颈，收起双下巴，露出思考般的眼神，时而向左右两侧撑起臂肘耸起肩，最后又拔掉后发髻的黄金簪子，用作牙签，炫耀着"妍丽"中尤为妍丽的一排整齐的牙齿，不断变换神色态度，几乎让人目不暇接。

"怎么样？这是个美人吧？"

导游从婆子手中借过烟管，一边吸着水烟，一边不顾我的存在和那女子嬉笑打闹着，忽然回头朝我这么说：

"这女子在这一带是最上等的艺妓，我正在和她谈呢，您要是对她满意，今晚就住在这儿怎么样？"

"你是说可以住宿是吗？"

"不,一般是不行的。不过我现在在和她谈呢,应该可以的。"

"嗯,你一定让她答应让我在这里住一晚。"

那女人稍微睨睨了一下我的脸,眼神像是在嘲弄我。

中国人重新开始交涉起来,虽说交涉不免显得过于轻佻,但我也只能默默地等待结果。这么思量着,我静静地靠在墙壁上,毫无厌倦地望着女子不断变换的表情。刚以为她是在戏闹,忽而又一本正经起来,用她那骨碌碌转动的眼珠子盯着天花板。导游像是在一边开玩笑,一边想方设法说服那女子。

"好像不容易谈得拢啊。行不行啊?"

"说是外面有别的客人所以不行,不过您再稍微等等,说不定马上就能答应。"

他这样安慰我以后,继续交涉。不一会儿,女人扔下一句"我去商量一下看看吧",便用一种轻蔑的微笑瞟了我一眼,走出了房间。过了两三分钟,先前的老妪笑嘻嘻地进来了。这婆子和导游之间又展开了很长一段时间的讨价还价,导游不甘示弱,好像婆子试图回绝却又不太容易,终于招架不住退了下去,而那女子又进来和他一番争辩。就这样婆子和女子交替着进来出去两三回,终究无法尘埃落定。

"要是那么麻烦,就算了吧。"

我感觉这事谈不成,便这样劝阻导游。夜深天寒,我有些兴致索然。并且想到就算谈成,如果导游不和我一起住下,只留我一人在这阴森鬼怪的妓院一室,实在令人心生恐惧。

"嗯,还是去别处吧。我先是和她谈十五个银元,可她非要四十个银元,看样子四十个银元,她才答应。真是活见鬼!四十块也太贵了,还是算了吧。"

最近银子的行情比较贵,四十元的话相当于八十日元。我怀里装着六十块银元,要是花掉其中的四十块,那我逛苏州,再到上海的正金银行之前,就只能忍受仅剩二十块钱的花销了。我一旦扫了兴,在这种场合下,是不愿为这个女人作出那么大的牺牲的。

"相貌出众是没错,可四十块也太贵了啊。都已经十一点多了,差不多该回去了,用不着买她,光看看就足够了。"我立刻死了心,从座位上站起来说。

"哎呀,别着急回去嘛,这女子不行还有别的漂亮女人嘛。不用花四十银元,也有便宜有趣的地方呢。"

导游似乎觉得我是个大浪荡汉,热情得有些招人讨厌。

"我说,这么好看的女人毕竟不多吧?"

我不想接下来被带去奇怪的地方,让好不容易得来的关于美人的印象受到糟蹋。将尊贵如梦幻般的这女子形象深藏在心中，然后平静地踏上归程，反而是我所希望的。

"有没有美人，去看看就知道了。如果不满意，回客栈睡觉也行，晚了也不碍事。"

等到女子把我们送出大门，从里面上了锁之后，导游这样说。于是我们又在颠簸的巷间石子路上奔走起来，走出十米左右，又有一家看似妓院的房屋。同样围着一堵又重又厚、令人窒息的墙壁，小小的矮门上如同监狱的门暗然沉寂地上着锁。导游独自一人进到了门里，立刻又走出来说："这里好像没有美人，别的地方还会有。"

原来这一带只要注意就会发现，他们隐匿的妓院随处都是。虽说是害怕部队的暴举逃到这里，可是和北京八大胡同的繁盛相比，房屋实在有些寒碜。这在东京就和水天宫后街的感觉一样。导游走到这些房屋前面，一一停下脚步，然后只稍稍歪一歪脑袋，就立刻离去了。

"这附近好像没有好玩的地方，坐车去别的地方吧。"导游口中像是自言自语地嘟囔着什么，又回到了原来的路上。说起车，这一带还真看不见一辆黄包车。刚才我们在土墙之间迂回曲折绕了多少个弯儿我不知道，但除了我们，没有看见一个人影在此晃动，简直就像在凄绝的废墟里彷徨。假若在这样的深夜在这样的地方有人影徘徊的话，那想必就是幽灵了。实际上，这条里巷，与其说是人住的地方，还不如说是阴鬼的栖身之地。

从狭窄的小巷将要拐到稍稍宽敞的路上，我们终于找到一辆黄包车。这里有一家像是日本的锅烧乌冬的店铺——这店在我看来又有些不可思议。在这样的地方，到底是以什么样的顾客为目标开这种饮食店呢？如果真有前来饮食的顾客，那简直非幽灵莫属啊。不，那家摊子的爷儿看来或许就是一具幽灵——一个车夫在吃着烧卖什么的。导游把我领到那辆车上，自己紧跟其后，时不时从后方用一种钝重的声音向车夫下令道：向右转！往左去！可是到底要去哪里，连他自己也没打定主意吧。

跑了两三百米，导游终于又找到了一辆车，两辆车好容易出了废墟，开始嘎啦嘎拉行驶在大路上。大路似曾相识，但还是弄不清方向。左边有一家挂着"太白遗风"招牌的商店，经过时顺便窥视了下店里头，只见杂乱地排列着很多个像是在乡下的酱油窖里熏得黑黢黢的大木桶。像是卖油的店，可是从"太白遗风"的招牌来看，可能还是卖酒的店吧。我不由想起佐藤春夫[1]的《李太白》，心想要是把

---

[1] 佐藤春夫（1892—1964），日本小说家、诗人。

这个招牌的事告诉佐藤，他一定会感到很有趣吧……

前方十来米，有一扇门像是吉原[1]的大门，上面依稀写着"秦淮桥"几个字。要是秦淮桥的话，今早应该来过这一带，即便这样，我也很难想起从夫子庙旁的料理店出来后，我是如何重又被带到这里的。好像车夫是想越过秦淮桥，再回到夫子庙那边去。可是，来到先前的利涉桥的桥头时，这次没有拐向夫子庙的方向，而是径直越过桥飞驰而去。我虽然来过这座桥的桥底下，可是从桥上往对面去，今晚还是头一次。无从知晓那里有着什么样的街道。如此想着，不觉车从河岸路拐向右边又折向左。此时月亮已经完全沉下，夜幕愈加浓重，已经无法看清街道的模样了。只有煞风景的冰冷的灰色城墙宛如古城的石垣一般，依旧默默地延续着，其间随处可见野草茫茫的空地。不用说，这就是极力想往偏僻的、寂静得不能再寂静的地方去无疑了。墙尽头的空地上，湿漉漉的寒冷的夜风不知从哪个方向吹来，四周黑暗的景象渗透了我的全身，越是这样越让我清晰地想起三十分钟前见到的那个美人的形象。无论怎么反复思忖，在如此废墟般的街区里，能遇见那样的美人，简直如梦

---

1 江户时代东京的妓院集中地。

似幻。我开始为自己舍不得那四十块银元而感到后悔起来。

……随着咣当一声响，车子猛地向上弹了一下，便从非常凹凸不平的路拐向了右边。一看，左边两三处人家挨着，右边有一古池。池边五六棵老柳树繁茂的枝叶像黑布一样垂下来，在风中瑟瑟作响。池水泛着铅色的钝光，仿佛在和柳叶一起颤动。我们的车在左侧尽头的一家房屋前停下了。"××妓馆"的字样在门灯的光照中映入眼帘，朱色文字剥落殆尽，已无法辨认前两个字了。

门口比先前的那家还要黑乎乎的。中国人导游咚咚轻轻敲响门扉，门墙的一部分犹如凹陷的岩洞将我们吸入其中，门外的黑暗甚至延伸到屋内，竟也分不清屋里屋外。在我们的身后，传来嘎啦一声门被关上的声音，回头一看，眼前却只有一片黑暗，既看不见刚才钻过的门，也看不见从里头给我们开门的人的身影。外面还可看见一些柳树和古池，而里面除了黑暗，什么物象也看不到。我们的确是从垣墙的那边来到这边的，可我们又是什么时候怎么穿过那堵墙来到这里的呢？凝视着身后的黑暗，我甚至觉得哪有什么墙，那个有着古池和杨柳的世界被严严实实地隐蔽在比土墙更为厚重的"黑墙"里。孩提时分，看了立体画跑到黑暗的走廊上时，我就总有这样的感觉。

紧接着，在遮蔽我视线前方的黑暗深处又传来嘎啦的声响。门被双重锁住，另外还镶嵌着一块板门。板门的背后，有一个黑色的人影，背上披着微弱的灯光，蝙蝠似的摇摇晃晃向这边靠近。顿时，我不由得产生一种恐惧的联想。在这样伸手不见五指，进去了就找不到出口的屋子里，要是被恶汉恐吓怎么办？岂止恐吓，就是杀人后丢弃尸首，其罪孽也永远不会被人知晓吧。这魔窟的四壁之中，如同大海的海底一样，和遥远的世间深深地隔绝着。

导游和那个男人低声耳语了几句，把我领到板门的那头。闺房围绕着中间的院子排列开来，这种格局大体和先前的房屋相似，但无论是院子的面积，还是闺房的数量，这里都略胜一筹。用石子铺成的院子中央，摆放着简陋的矮脚餐桌，五六个小女孩冻得缩着肩膀，就着什锦酱菜一样的咸菜喝着稀饭。那种惊慌可怜的样子，恰似土造仓房地板下的老鼠啮噬着食物。导游这里看看那里瞅瞅，看了两三间闺房，选了一间最干净的留作我们使用。这里也点着煤油灯，可能是因为刚走过漆黑的通道，比想象的明亮。可是，室内的惨状些许也没有因为光亮而显得华丽，一边是挂着白色幔帐的女人睡的床，另一边则是必需的椅子和桌子，此外没有任何装饰。从幔帐的缝隙里往床上一看，污秽的褥子上蓬松地卷着毛毯。不知是否有人睡在里面，我轻轻拽了一下毛毯，只见从毛毯的边缘闪露出一只鞋尖像是栗子那样可爱的绣花鞋。睡着的一定是一个纤纤女子——一看那鞋尖我就知道。床底下还拉着富有弹性的藤条,只要人睡在上面就多少都会有凹陷,可是载着轻盈的肉体的褥子,紧紧地绷着,就像载着一团棉花,丝毫感觉不出重量来。

"喂,起来吧。"

我用日语这么喊着,隔着毛毯用两手推了推她,然而我能感觉到的毛毯下面柔软的肉体,那腕、那胸、那脚,仿佛亲手触碰着裸体般清楚明了。女子自己推开毛毯,揉了揉眼睛,慵懒地从床上坐了起来——

女子穿着浅黄色木棉上衣,黑皮肤,眼泡突出得像金鱼,厚厚的嘴唇向上翘着,脸上的表情总给人一种反应迟钝的感觉。她把双手插进上衣里,哆哆嗦嗦地震颤着身子从床上爬下来,随即在我身旁坐下,板着脸嗑起瓜子来。

"这个女人怎么样?满意吗?不满意的话,这里还有很多,再叫一个别的女人吧?"

这女人的容貌确实不如先前的那个美人,我终于抑制不住不满。

"要是有很多,那就都让我看看吧。全部看完了以后,叫个最好的也无妨吧?"

"那样也行。看多少都没关系。"

在院子里啜粥的女子们不一会儿就一个个出现在了我面前，举着挂在闺房门口的像是戏台用的幕帘，犹如上了发条的木偶玩具一般向我走来，站住摆个媚态，又悠悠然退向帷幕那边去，有种花魁[1]诱客的情趣。又接二连三来了十多个，却没有一个惹人喜爱，每个都像老鼠一样邋遢。终究还是最初的女子最出众。

"就算她最好看了，老爷还是看不上吗？"

"不过和刚才的女子比起来，身段和容貌都差多了啊。"

"那没办法，像刚才的美人总没那么多呀。那可是一流的艺妓，所以很傲慢的。这里的是二流，住下是没问题的。而且最近因为不景气日子难过，一定还可以杀价。"

顺着导游的意思，女子不停地向我发出诱惑，可越是这样我越提不起兴致。听说她的名字叫陈秀乡，今年十九岁。虽说我并不那么嫌弃她的长相，可是衣裳污秽、皮肤粗糙是无论如何都不能让我满意的。望着这个女子缺乏手感的皮肤和没有光泽的指尖，越发觉得先前的那个女子那磨砺得像琉璃般美丽的肌肤，终究使我难以忘怀。

"怎么样老爷？您就住下吧，说是可以便宜到十二

---

1 名妓的称呼。

银元。"

"还是算了吧,我怎么也喜欢不起来……今晚还是回旅店睡吧。"

"是吗,回旅店啊?……"

导游见我不悦,用一种困惑的口气说道。

"那回去的路上再去一家看看吧。要是那儿也不行的话,就回旅店吧。"

"回去的路上再绕一下也没关系,可是大体差不多吧?去哪里都不会有刚才的那个大美人了。"

"哈哈,老爷是看上刚才的大美人了?那我就再找一个绝不亚于刚才那个的给您。艺妓太贵不行,业余的里头是有便宜的大美人的。"

"业余的也有揽客的吗?"

"是的,有偷偷揽客的女子。那种地方没有当地人介绍是不容易进去的。我知道一家,去那里商量商量看吧。"

我们断然拒绝再三的挽留,从女人房间挣脱了出来,又穿过中间的院子,在墨水般的漆黑中潜行。当从关着两重门的墙内走到古池边的路旁时,我才终于安下心来。

第三家寻访的所谓"业余的女人"家似乎是在从夫子庙往四象桥方向去的路上,一处房屋杂乱无章地排布着的地方，甚是难找。去的时候，只记得先回到北边的利涉桥，沿着警署的围墙穿越姚家巷狭窄的街道，至于后来是怎么走的，记不清了。可是后来想起回酒店时的路线，可以推测出那家的位置，大体是在从四象桥往南走到尽头的丁字路口附近。查阅南京地图发现，那里叫奇望街，正好位于警署的背面一带。虽说在警察的近旁暗地里干这一行是有些大胆，不过中国巡警也许管得并不那么严。并且在外人看来，警署和那女子的家都同样被寂寞的土墙包围着，仿佛地处公馆街区。就连一流的职业艺妓的房子都那么阴惨，更别说业余女子的了。黑暗自不必说，还有那刺骨的寒风呼呼地逼近屋内，吹到石地板上。在没有热乎气儿、如同洞穴一般空荡荡的房间一角，一个十六七岁的姑娘宛若一尊荒凉的寺院正殿里安置的木雕佛像，一边冻得震颤着下巴，一边用诧异的目光直视着来路不明的异国绅士的闯入。这是一双又细又长的眼睛，不同于一般中国人那样圆鼓鼓突出的眉眼，虽然少了光彩，却带着几分无尽的哀愁和温润。女子不说话，只是站在那里，粗厚的眉毛似显顽固矫情地紧锁着，容貌也大致可以和先前的美人相媲美，皮肤虽然黝黑呈茶褐色，但纹理细腻滑润，裹着黑色缎子的四肢骨架优美得如同鲤鱼。她那宛若日本美人一样，小家碧玉般的颜色暗淡的鹅蛋脸,虽不及先前的美人那样娇媚,但是若把那个女子比作红宝石,这个女子则有黑曜石一般的忧郁。从涩涩不愿开口的唇间得知,她芳龄十七,名叫花月楼,出生在扬州。

"这女子果然是个美人,可是情绪坏得可怕,像是在跟谁生气!"

"不是在生气呢,因为没经验,所以有点害羞吧。你说睡在这儿的话,她一定同意。"

此时,那女子将紧锁的眉头皱得更深,噘着嘴抓着导游絮絮叨叨地诉说着不满,湿润的眼睛里泪花就要落下来。

"看这样子一定是不愿意,想必她是在说你们回去吧。"

可是,我的猜测完全错了。据导游说,那姑娘是在哀求我们今晚一定要住下。

"这女子说,这些日子世道不安宁,正愁着没客人。开始说是十个银元,可她降到六个银元,要是再跟她谈,可能还会降到三个银元,怎么样老爷?三个银元是不是很便宜啊?"

不一会儿,老鸨婆子也来了,和那女子一起央求起来。果然如导游所说,她们终于将价钱降到了三个银元。

谈妥了以后,导游和婆子退到了别的房间,女子将门闩插上，支上了顶门棍。于是叽叽喳喳不知说着什么，第一次露出了笑脸。隐含着忧郁的眼睛和嘴巴，出乎意料地有了丰富的表情，竭尽全力地向我献媚。一言半语的中国话都不懂的我，无法回应这可怜的妩媚，便不禁感到悲哀起来。

"花月楼，花月楼。"

我仅仅能用这中国的发音不停地呼唤着她的名字，两手将她细长的脸蛋夹了起来，定睛一看，这是一张可以藏在掌心之中的玲珑可爱的脸蛋，仿佛用力一捏，柔软的骨头就会破碎。眼睛鼻子既像大人一样端庄，又似婴儿那样鲜活。顿时，我的胸中涌上了一股永远也不愿放下手中这张容颜的激情来。

西湖月

那是某年的晚秋时节,作为东京某报社特派员在北京逗留多日的我,因为某个公务又被派往阔别已久的上海出差一个月左右。十一月,记不清具体是几号了,抵达杭州西湖的翌日晚上正值美好的满月之夜,所以离开上海应该是在旧历的十三号或十四号的下午吧。绕到杭州本没有特别的事情,只是因为前回来上海的时候,苏州、扬州、南京附近都走了一遍,唯独没有时间去自己尤其想去的杭州,最终错过了机会,心想幸好这次出差,一定要去游览一下。

虽说是晚秋,可是中国南部还不那么冷。奢侈一点的话,春季游览这个地方最理想不过了,有高青邱[1]诗云:

---

[1] 高启(1336—1373),号青丘子,明代诗人,文学家,下文诗句出自其诗《寻胡隐君》。

> 渡水复渡水，看花还看花，
> 春风江上路，不觉到君家。

虽然无法尽情享受这种南国特有的游兴，但路旁的柳叶倒也郁郁青青。穿冬装的话，白天还会出汗，不过早晚的空气冷飕飕的，这样的气候倒也让人觉得风凉气爽得恰到好处。花虽然看不到了，却有霜叶正红，日日天空晴好，加之满月的话，西湖的景色足以撩拨游子的心。就这样我于下午两点半从上海北站钻进了去杭州的列车。

"我想去杭州，那里的什么酒店最好？当然啦，一定没有西洋人和日本人的酒店吧。"

我用靠不住的上海话这样问着，看了看身旁的绅士，他应了声：

"是的。"

只见那个男人用象牙烟斗吸着威斯敏斯特纸烟，慵懒地睁开在宽大而肥满的面孔中微肿的眼睛道：

"西洋人的酒店倒是没有，可中国人的旅馆清洁豪华的多得是。建得就像西洋酒店一样，所以来上海的西洋人都愿意住。最近西湖畔新建的新新旅馆和清泰旅馆就是其中最好的两家。新新旅馆这边房间大，景色也好，就是离车站远了点，会觉得不方便吧。"

他这样说着，用一种不愿理睬的眼光瞥了我一眼，又悠然自得地吸起了香烟。一副极其厌倦与人说话的模样。

"你这是去哪里啊？"

我毫无顾忌地追问道。只见他又向我溜了一眼，说道："去嘉兴。"

于是就一转头冲着窗户那边了。

这男人可能是嘉兴的商人吧，胖墩墩的大块头身躯裹着亮闪闪的黑缎衣服，显得既傲慢又仪表堂堂，长着稀疏胡须的嘴角和脸型多少有点像前大总统黎元洪。坐在我对面的一位瘦削的五十岁上下的儒雅绅士，正和坐在一旁的夫人一边大口喝着茶，一边不停地聊着什么。谈话间，只听见夫人吸着水烟的黄铜烟管中发出咕嘟咕嘟的钝重声音。丈夫交替着喝茶吸烟，吸完烟又从喉咙里喀的一声将痰吐在地板上，接着又叽哩呱啦地侃聊起来。这对夫妻身旁的十八九岁和十五六岁的姑娘像是他们的女儿，面对面地占据着座位。十八九岁的女孩像是患了黄疸，脸上没有血色，不过鼻子眼睛像木雕一般坚实得有棱有角，抱着一个约莫四五岁的幼儿，小孩的衣服花花绿绿晃人眼，上衣的大红缎子上，用蓝丝线绣着像龙又像麒麟的刺绣，下身穿着一条像蜥蜴一般耀眼的深绿裤子。十五六岁的女孩手里拿着人造的菊花，摇动着逗小孩子玩。身着紫底绫罗上衣、戴着同色帽子的这个女孩，长着一副不同于姐姐的胖乎乎的、有着酒桶里的溲柿一般光艳的圆脸。从那柔嫩丰腴的面颊到秀长的脖颈，都被包裹在纯白羊毛皮里子的上衣领子里，有一种说不出的优雅。这六个人和我面对面共同围着一张桌子（需要说明的是中国火车上，座椅和座椅之间大多摆放着桌台），椅子排列得紧凑，连动一下身体都不行。当然，车内不光我们的席位，到处都挤得满满当当的。早知如此，还不如当初坐一等车厢，只是如果不是二等车厢的话，也许就没机会观察到中国人的各种风俗了。不管怎样，只需看看这节车厢里人满为患的样子，就可清楚地知道南方较之北方是多么的富有了。以我坐过京奉线和京汉线的经验来看，这趟车不仅椅子上的草席坐垫没有污迹，列车员的服装也好，桌布也好，一切都整洁干净，室内卫生做得非常周到细致。并且尽管是星期六，二等车厢的人也如此之多，看来这一带的中层阶级大体比较兴旺。首先乘客的层次就和北方的列车完全不同，这里二等车厢的乘客，全都穿着华丽，在北方只有一等车厢里才能见得到。不仅如此，女性乘客之多也的确为一个显著现象，在北方很少见到女人外出走动，来到南方，不说歌妓，就连夫人、小姐都和男人牵着手，频繁出游。这恐怕是靠近上海这样欧洲风格的大都市，受其影响的缘故吧。我刚才跨进车厢的那一刻，最先感觉到的就是乘客的色彩颇为绚丽这一点。像是日本四月的融融春光，照在了广阔地伸展于车窗外的江苏沃野，兴许是因为这种强烈的反射使得车内愈加明亮，无须争辩地说，占据着座席一半以上的女人和小孩的艳丽衣裳，使这里的空气变得越发光彩夺目。自不必说他们的服装和北方的比起来，也是非常浓重绚烂的。经常能听到"像金鱼在游弋"这样的形容，而他们的服装简直就是金鱼，就像金鱼在水中游着，鳞光使水波耀眼生辉。再说在中国，女子以体格小巧为贵，总体来说，迈着碎步，如中国娃娃般小巧的女子比较多，所以金鱼这样的形容是恰当的。我从这头一直看到那头，中间似乎夹杂着众多颇为美丽的乘客。江苏、浙江自古以来被称颂为美人的产地，女子的容貌大都过得去，恰好大致离我座位三列前方的椅子上，背靠坐着的像是一个富贵人家的女子，侧颜格外美丽。个子似乎比别的女人稍高一些，以我的喜好，反而是这种类型的女子显得清爽苗条，而且衣服的品味也给人一种舒服的感觉。在众多身穿花里胡哨衣裳的乘客里，唯独此女子身穿一件雅致的淡青色上衣，脚蹬白色绣花鞋，给人一种金鱼中交杂着一尾异色的红锦鲤那样的清爽感。手上和脸上的皮肤如同西洋纸一般光滑细腻，泛着微微带有鹅黄色的冷艳的青白色，我感觉那是混血儿里常见的肤色。和日本女人的相比，中国女人的手指更加精致，尤其这个女人的极为纤细，只是戴在中指和无名指上的金戒指，若让日本女人评论的话，或许会说太大了一点。不光是大，那戒指上还镶嵌着比豆粒还小的五六个可爱的金铃铛，每动一下手指头，就会叮当叮当摇晃着垂落下来。我多言一句，日本女人对于装饰品的趣味，总体来说极具岛国的狭隘而显得不宽容，如此这般纤细的手指，不如说搭配这等刺眼的戒指更为合适。另外还有一个和她相对而坐的皮肤略黑的圆脸女人，也是个美人，小个子，比刚才的淑女大两三岁，从结的发髻上看，多半也是良家太太。她戴着一副坠着心型翡翠的金链子耳环，穿着黑缎子上衣，胳膊肘支在桌子上钩着毛线——或是摆弄着两根银光闪闪的长针，编织着毛衣，这样的说法更为妥当。有一种似笑非笑、浅浅的妩媚和可爱在她的眼角和唇边荡漾。先前的淑女时不时将胳膊肘支成"く"字形，从上衣里面掏出紫色的手绢，一会儿将它拿到鼻尖，一会儿又用两手把它遮在脸前，似乎是因为无聊把它当玩具玩，要么就是在嗅渗入手绢的香水味。她那薄薄的掌心像和那紫手绢比赛哪个更轻盈似的，娇柔地舒展着。

来到松江铁桥的时候，伸出脖子一看，水碧若琅玕，清澈透亮，到中国来遇到这样洁净的河水今天是头一次。

就不必说因混浊而有名的黄河了，白河也好，扬子江也罢，所谓中国的河川皆浊如沟泥。南方苏州的运河虽不那么污秽，可也无法与这松江的水相比。前些日子我乘火车经过朝鲜时，感觉那一带的河水都很清冽，而这条河即使和朝鲜的河川比起来也不会逊色。总之，在中国就河水而言，南方和北方便有如此大的差别。论水的清澈，苏州胜于南京，而杭州又比苏州更胜一筹，也就是说，越往南去，中国就变得越美丽。单说窗外丰饶的田园景色，就和直隶河南一带萧瑟的原野风物有天壤之别：连绵不断的绿色桑田、桃林、杨柳树；点缀其间的水塘，数十只鸭子在其中结队游泳；无数芒穗沐浴着日光闪闪发亮而忽隐忽现的丘陵。丘陵背后忽而升起高塔，忽而又见城壁古拙的砖墙蜿蜒曲折。面对这些景象，望着每到达一个车站时进进出出的美女们的衣着打扮，我的神思梦想仿佛自然而然地闯进了杨铁崖[1]、高青邱、王渔洋[2]的诗中世界。

"叮当、叮当"，响起了转动银元的声音。回头一看，刚从松江车站上车的四五个男人，说时迟那时快地抢占一张桌子，开始玩扑克赌了起来。比明治初年的一圆银币还

---

1 杨维桢（1296—1370），号铁崖，又号铁笛道人，明代诗人、文学家、书画家。
2 王士禛（1634—1711），号阮亭，又号渔洋山人，清代诗人、文学家。

要大的大洋银币呼啦堆了一桌,他们像是忘记了此时乘坐在火车上,无一例外紧盯着手中的牌。正中间的那个肤白嘴大,戴着金边眼镜,长着爱撒娇的孩子似的圆脸,年龄在三十五六岁,一副吊儿郎当眼神的男人似乎是头儿。在火车内设赌到底有些粗野,但竟也无人制止。撒娇先生以外的几个男人大抵在四五十岁之间,皆有着一副通情达理的面容,装束也文雅,却在众人面前不觉害臊,上了瘾似的大声吆喝,玩着银子的交易。这些人大概就是中国颓废堕落的标本吧。

说起松江,我想起元末诗人杨铁崖曾避乱于此,带着草枝、柳枝、桃枝、杏枝四个嬖妾,日夜纵情游冶于画舫之间,那岂不就是我乘坐的火车现在通过的这一带附近?近代中国的文人墨客多出于江南,只要接触这块土地上的风光与习俗,就知道这未必是偶然。戏曲家李笠翁[1],据说也是浙江出身,他的十种曲中出现的场景和人物,正是从这窗外奔跑的山川、都市、街道,还有在这车内占着座位的才子佳人中,获得了许许多多活生生的素材吧——我这样想象着。其实,倘若出生在如此美丽的国土和人世间,孕育出

---

[1] 李渔(1611—1680),初名仙侣,后改名渔,号笠翁,清代文学家、戏剧家、园林建筑师计师。

笠翁诗剧里那般飘渺的幻想也是顺理成章的。翻阅十种曲中的《蜃中楼》传奇就会知道，里面描述了一个奇怪的故事：一名叫柳士肩的青年，去东海海滨游玩，渡至上海的海市蜃楼，和青龙王的女儿舜华结了婚。这个浪漫的爱情故事的舞台东海，恐怕就是这附近——江苏浙江一带的海岸吧。此外，描写女艺人刘貌姑和稀世才子谭楚玉相抱投身入海后，化作两条可爱的比目鱼游到严陵地区的《比目鱼》传奇，也是笠翁在日常目睹宛若童话故事里的山水、楼阁、人物时，脑海里自然而然酝酿出的一个幻想世界吧。这样推想一下，就会不由觉得出生在这南国的人们必定都会成为诗人的。我甚至想让那些自诩日本就是东洋诗国的人们看看这附近的风景和人情，哪怕只是看一眼。

火车驶过嘉兴是在傍晚的五点五分吧，我以餐车里难以下咽的西餐充饥后，无聊之余开始翻阅起随身带来的石印本《西湖佳话》，此时窗外已是暗然黑夜。黑色的车窗上时隐时现地映着我模糊不清的脸和对面妇女们红、蓝、深黄等色彩的艳装。我不经意地继续望着这些朦胧的轮廓，不由得心生出与遥远往昔的梦境不期而遇的感觉。我突然想起自前年夏天以来一直未得回归的故园，想起在东京小石川的家。没有什么比来到这陌生的土地，只身一人颠簸在夜行火车时所袭来的感觉更悲哀、凄凉的了……

昨晚来到西湖边亭子湾内的酒店，时候已经不早了。火车到达杭州时已是七点多，本来可以住火车站附近的饭店，可是因为我无论如何想去西湖湖畔，而路又陌生，所以就叫了辆人力车，让他把我拉到涌金门外的清泰第二酒店。说好到酒店支付二十钱的，可车夫是个居心不良的家伙，把车拉到城里一条冷清的小巷时，竟突然停下来，开口便说："要是不再加十钱，我就不拉了。"那架势，要是磨磨蹭蹭不想给，说不定会遭到恐吓。我虽然还是跟他理论了一番，但因为拿着行李，又不识路，要是在这儿被撂下，就真的寸步难行了，出于无奈就答应了，这下他又说："你要先付给我。"真是太可恶了，据说上海的车夫会半路打劫，这家伙说不定也是什么恶棍呢。想到这里，就照他说的付给了他。幸好是一个月光明亮的夜晚，倘若是个黑夜，或许情况就更糟糕了。因为发生这样的事费了点时间，我钻进酒店的门已是九点半左右。尽管我是第一次看西湖，但对于湖畔的地理，从诗歌小说中多有谙识，大体上是知晓的。饭店建在涌金路的左侧，正门对着名叫"西湖凤舞台"的剧院，后门正临浩淼的月下湖水。站在阳台上远眺，湖对面的吴山山影，呈现出比天空稍浓的色彩，似薄霭一般，缥缈铺陈。有名的雷峰塔应该在它稍往右边的位置，就算是在这般清丽的月夜，终究隐没在夜雾深处，很可惜没能进入视界。此时，当我看到湖水尽头，比对岸淡淡的连山略显清晰地团簇于水面的黑色树丛，疑心那是向往已久的三潭印月或是湖心亭的岛影时，我油然生出一种与恋人重逢的喜悦。相传是白乐天筑造的白公堤、孤山山麓林和靖的放鹤亭、因文世高和秀英小姐的恋爱故事而闻名的断桥情迹、宝石山的保俶塔等等，应该就在这家酒店的后面一带附近，可是从阳台上全然看不见。本想趁今晚坐船去看看苏堤的六桥一带，可时候已晚，还是决定在明晚慢慢地一边赏月一边画舫泛游。

正如火车上的那个商人告诉我的一样，中国人经营的旅馆可谓一切整洁周到。建筑皆为西洋式的，排列在阳台一侧的十多间客房的入口处，每间都一一摆放着菊花花盆，室内的装置也齐全，床上的配置也颇恰到好处。服务员和刚才的那个车夫正相反，是个心肠好的男人，还会说一点儿英文。只有一点让人犯愁：没有浴室。无奈只好晃荡出门，在迎紫路一角的公共澡堂泡澡，之后顺便去附近的饭馆吃晚餐。菜肴里面有一道东坡肉，往昔因为爱上西湖的山水，而在杭州长期逗留的苏东坡，总是叫人做这道菜，这道菜便由此得名。西餐中的夏多布里昂牛排[1]正好与此成双成对。这是一种用富含油脂的浓稠的深褐色汤汁，将猪肉煮成如同豆腐一样软的菜。说起苏东坡，听起来像是一位颇为超凡脱俗的诗人，可是只要想象一下，他以那么滋味浓郁的肉作为下酒菜，朝夕和宠妾朝云相伴，泛舟游览，便大体可以知道中国人的兴趣所在了。吃罢晚饭回到酒店已是十点半了，月亮如此美好，于是靠在阳台的藤椅上眺望湖面的景色。忽然，发现隔壁房间的门前，有两个女子围着桌子相对而坐。栏杆的疏影清晰地落在走廊的地板上，青白的光如同霜一般清冽，朦胧中依稀可以识别两人的服装和容貌。她们分明就是在火车上见到的美人和像是她姐姐的女人，大概和我一样也是从上海来游西湖的吧。只是光她们两个女人有点奇怪，或许房间里还有随行的男人。在我思量的当儿，两人仿佛有些介意，竟悄悄退到房间里去了。

今早八点起床，就着杭州的特产火腿吃了炒饼充当早餐，之后在阳台上踱起了步子。隔壁的门好像敞开着，我蓦然想起昨晚的女人们，便轻轻走过那个房门前往里一看，果然除了两人还有一个男士。可能是姐姐的丈夫吧，是个

---

[1] 因法国政治家、作家夏多布里昂（Francois René Chateaubriand，1768—1848）常命人做此菜而得名。

三十岁上下，长脸，个子瘦高的绅士。女人们像是刚起身洗完脸，妹妹对镜而坐，姐姐站在背后为她梳着头发。不一会儿，三人来到阳台上，围着昨晚同一个地方的桌子沉浸在闲谈中，年长的妇人依旧织着毛线。此时我从绅士和姑娘的容貌上判断，两人长得很像，她应是他的胞妹，年长的妇人应是她的嫂子。年轻姑娘的容颜比昨天在火车上看到的时候更加美丽，这或许是因为栏杆之外荡漾熟绢般柔波的、泛着浅黄色的西湖水，抑或是秋日早晨清爽的空气，在她容颜上产生的效应吧。她身上穿的青瓷色上衣和裤子，和此时空何等相称！我疑心她是为了将自己的容姿融入这湖光山色的画面之中，才特意从众多衣裳中挑选出这一套，装点身段的吧。缎子的质地打着上好的底光，如杨柳般光鲜。我昨天没发觉，青瓷色的面料上随处绣着如同孔雀尾巴斑纹似的同色花纹，上衣和裤子用淡红色丝线镶着边。一般说来，中国女人之腿脚秀长，不亚于西洋妇人。她坐在椅子上，伸到桌子横木上的两脚的线条，随着裤腿下面逐渐变成乳黄色的袜子，越来越细，到了脚踝处，窄得几乎让人觉得仅剩下骨头似的，随后肌肉再次由细到粗地隆起，继而到了脚尖。双脚穿着一双浅白色的绣花鞋，鞋面刚好可以盖住脚趾甲，好似鹿足一般优雅、楚楚动人。不用说，何止是脚，带着金手表的手腕同样纤细。总之，略长的脸型上，有着希腊人般秀挺的鼻梁和切成小块的厚肉似的嘴唇，同时兼有孩子般呆呆的轮廓。我推测这是一个高贵人家的女子，然而不可否认的是，她虽优雅，表情却像个病人，没有精神，有一种萎靡不振的气息。黑色的大眼睛里没有鲜活的光泽，本该是红色的嘴唇也灰暗得带着茶色。血色与其说是发青，还不如说已经青得发黑。细腻的皮肤坚冷如玉，乍一看玲珑剔透，却又给人一种陈年池沼的感觉——仿佛只要搅动底部，泥沼里沉淀已久的浊水就会咕嘟咕嘟往上翻涌。尽管如此，这位小姐比起昨天来，更加撩拨我的心，可能是因为她全身散发出来的病态美吧。当然，在认为女人就应是神韵缥缈、弱不禁风的柳腰花颜的中国人看来，或许这样的才算得上真正东洋的——中国式美人的典型吧。如前所述，中国妇人大都小巧童颜，无论夫人还是姑娘都很难猜中年龄。这位小姐如果不是将头发像姑娘一样盘起来，眉目间若没有懵懂的稚气，她那宛如雕像般匀称端庄的容颜，一定会显得比实际年龄大许多。我先前就推测她小则十六七，大也不过十九岁。

我打算待一个星期左右，具体的名胜古迹到时候挨个慢慢儿看，决定先把握一下大体的地形，于是早上雇了一乘轿子沿着湖畔绕了一周，傍晚四点多回到饭店时已是精疲力竭。本来准备今晚在湖心尽情观赏月夜的景色，昨晚就预定了画舫，可是因为疲惫不堪，连动一动身子的勇气也没有了。于是又靠在阳台的藤椅上，好一阵茫然眺望着黄昏的湖光山色，竟也看出了神。昨晚因是黑夜没看清楚，原来阳台的下面是一个庭院，莲花池的周围种着柳树、山茶树和槭树等。水边有一个小型的六角亭，亭子从阶梯到石板路的地面上摆着许多盆栽菊花。环绕庭院的白色土墙上缠绕着密密麻麻的爬山虎。围墙外的大街上人头攒动，人墙聚集，正纳闷着，忽而发觉那是街头艺人在表演如同日本的坐姿出刀的演技，《水浒传》里描写的英雄豪杰在大街中央挥枪舞棒的情景，大概就是以这样的师傅为原型的吧。这里是延龄路的大十字路口，闲逛的人川流不息、热闹非凡，卖甘蔗的行商人也夹杂其中。在这里，甘蔗扮演着日本粗点心的角色，无论大人还是孩子都买它来咯吱咯吱地嚼咬。十字路口的右边是面对着湖水的石墙，岸边的码头上连接着多艘画舫，一旁歇息着五六乘垂挂着银铃和红穗子的精美的轿子。

再把视线转向市街对面的湖一方，此时夕阳在吴山背后迤逦绵延的慧日峰和秦望山之间，像是合上了困顿的眼睑，正在静静地、安详地下沉。昨天没能看到的雷峰塔，在离吴山咫尺之隔的地方耸立着，其气势胜过南屏山茂密而翠绿的山峦。在迄今大约一千年的遥遥五代时期建立的此塔，几何学的直线构造已经破损不堪，成了玉米棒顶部的形态，只剩砖瓦如今依旧没有丝毫褪色，沐浴着晚霞，反射出愈益火红的光辉。没想到我在这里看到了堪称"西湖十景"中一景——雷峰夕照。进一步往塔的右方看去，渺远的湖上岛影正如昨天猜测的，是三潭印月。岛的东侧，绿树之间隐约可见的白色物体，大约是退省庵的墙壁。有着湖心亭的小岛，让于更加往右的、几乎超出了我视野的宽阔的湖中央，被漫漫水波包围着，像是被弃在一旁。忽而看到一叶轻舟从杭州城的清波门城濠边的杨柳树影中，笔直地朝着雷峰塔下划行。湖面风平浪静，船体纤小，如同一只蚂蚁爬行在榻榻米上。眼前另有一叶扁舟从亭子湾向仙乐园的岬角荡着桨，船上船老大独自一人坐在中央，手脚并用，摇着两只橹奋力前行。不知不觉中太阳已经完全落山了。此时，西山尽头背后的天空，没有变暗，反而更加明亮，赤色云霞渐次燃烧，半面湖水遂被染红，犹如红色墨水冲刷。

先前的美女姊妹出去游览还没回来吧。今天早晨被她们占领的阳台的桌子边，坐着一个胖胖的西洋妇人，穿着粗经纬方格花纹绫罗上衣，臃肿得像是裹着棉袍，在孤独地托腮凝思。正当我没有任何想法地从前面经过时，她突然用日文向我发话：

"你是从东京来的吗?"

"不,我是从北京来的。你在东京住过吗?"

"对,我去过东京、大阪,还有神户,还学会了一点日文。"

我心想这一定是从上海一带过来的娼妇,于是便邀请说:

"怎么样?你如果一个人,不和我一起去散散步吗?"

"不,我不是一个人。我和我的先生一起来的。"

和先生一起的话,那就实在没法子了。无可奈何,今晚又只能独自一人去迎紫路的公共澡堂泡澡了。

吃罢晚饭,从饭店背面的码头乘坐画舫出游是在当晚九点左右。船沿着东岸从涌金门往柳浪闻莺方向划行,我坐在船头的位置,满身沐浴着没有丝毫阴翳的天空中的月光。从环绕湖水的重峦叠嶂,水汀上如同女人浣洗过的头发般低垂的杨柳,甚至岸边的楼阁,一一倒映在水中的样子看来,大体可以想象出今宵的天空是多么的晴朗无边。从前,观赏浔阳江边甘棠湖的月亮时,记得眺望过雄伟的庐山山容清晰地倒映在水中,今晚的月色比那时更皓朗,并且湖的宽度也远胜于甘棠湖。即使并非如此,水面也会在这样的晚上显得比实际宽阔。随着船渐渐远离陆地,涨溢在我前方的湖水像是膨胀的腹部从湖底隆起,逐渐将湖岸推向遥远的彼方。在这里需要略加说明的是,西湖的风景之所以美丽,主要是因为湖水的面积并非洞庭湖和鄱阳湖的那样广大,却有着一眼望去尽收眼帘的苍茫,和周围优柔的山地丘陵保持着极为恰当的调和。如果论其雄壮确也雄壮,论其如同箱庭[1]确也如同箱庭,其间点缀着湖湾、长堤、岛屿、鼓桥,既富于变化又像展开了一幅完整的绘画,所有的一切都同时跃进你的双眸,此为这个湖的特点。即便是今晚,随着船的前进,虽然可以感觉到湖面无限开阔起来,但陆地绝不会隐藏到地平线的后方,而其实岸边的山峦也好,森林也好,反倒让人有种比地平线更加辽远的感觉。举头环顾四周的陆地后再注视眼下,进入我视野的就只剩一片水波,仿佛船不是在水上行,而有种逐渐沉入水底的感觉。假如人真的可以以这样的心境,随着荡漾的船儿静静地、恍恍惚惚地沉入水底,就算是溺死也不会觉得痛苦,投身其中也不会觉得悲哀吧。况且这里的湖水,或许是月光的缘故,宛若深山老林里的灵泉一般清澈透明,

---

[1] 在小型盒子里放入土砂,配以人、树木、山水、船、桥等模型,使之构成某种景观加以赏玩。江户时代中叶至明治时代尤为流行。

如果不是行船的倒影映在如镜的水面，简直可以清楚地看见水底，而几乎辨不清哪儿是空气，哪儿是湖水。横躺在吃水颇浅、如同草鞋般单薄的船上，平稳地行进在水空相接的平面上的我的身体，可以说时而完全潜入了水的世界，却不可思议地没有被沾湿。将脸伸出船舷直视水底，水至多一两米深。林和靖所咏"疏影横斜水清浅"指的大概就是此湖，"水清浅"的意味和美感，只有这样望见水底的时候才可体会。我刚才说"宛若深山老林里的灵泉一般清澈透明"，可单单这个说法，并不足以表达此时的感觉。之所以这么说，是因为这里一两米深的湖水不仅似灵泉一般清冽，更有一种异样感，有着山药泥一般重厚的润滑和糖饴一般的黏稠。将几滴湖水掬于掌心，再将之曝于空中片刻，其在冷月的光照下会像水晶一样凝固吧。我的船橹不是在凝重的水中轻快地划行，而是在滑溜溜的水中揉搓着低徊前行。船橹时而离开水面，闪着青白粼光的湖水就会像一幅罗绸紧紧缠绕其上。虽然说水中含有纤维有些可笑，可此处的湖水却让人感觉是由一种比蛛丝纤细、富有强韧弹性的纤维构成。虽然总而言之可以说是一汪美丽清澈的湖水，但并非是轻快的，而是包含着钝重气息的湖水。产生这样的感觉是由于水底密密麻麻生长着如同苍苔般细密的藻类，反射出如柔软的天鹅绒地毯般墨绿色的光泽吧。

其实没有比非常精巧、有着足以让人惊讶的美丽光泽和滑润的天鹅绒更适合形容它的了。而天空的月亮女神为了使天鹅绒的质地越发光亮，就用无数根长长的银线编织成一望无际、蜿蜒逶迤的波纹。假使人间也有如此美丽的锦缎，我甚至想将它披在东京我最喜爱的女演员K子的肌肤上；假使此湖住着仙女，缠裹她的披风，必定也是这天鹅绒。由于底部很浅，橹偶尔也会无情地搅乱天鹅绒的表面，宛若尘埃倏忽间随风飘起，混浊的淤泥描画着圆圈，如烟雾般在水中氤氲浮动。

　　从柳浪闻莺前划过的船儿，转舵朝西驶向了湖心。左岸黑魆魆聚集的一片低矮丛林可能是桑田。再往右岸看，——船在不知不觉中掉转方向，怎的就眼前四周豁然开朗，宝石山的保俶塔像是渐渐隐没的桅杆，在遥远天空的淡淡烟霞里隐现。左边葛岭的山麓，那灯火闪耀处，就是新新旅馆吧。从这里放眼望去，湖面辽阔直伸向对岸，西湖犹如大海。可如果说是海，水面又显得过于平静，几乎看不到波浪。可以想象我的躯体如蝼蚁般渺小，被搁置在硕大的大理石圆盘中。记得孩童时代，在原野的中央，闭上双眼转上几圈再睁开眼睛，就有这种天高地远、广袤空疏的感觉。但比这个更加不可思议的是，无论你行到何处，水始终不足一米，或者说最多只有齐胸的深度。此时我深深感到西湖不是湖，而像一个大得惊人的池子。若是巨人制作箱庭，定会做成像西湖一样。此湖之所以这般静谧，并且湖面可以清晰倒映出各种物象的影子，终究是因为水底如此之浅，以至难以形成可以称之为波浪的东西吧。就像盆里也可映照出山影，即便深度只有一米，水毕竟还是水。以正面葱郁耸峙的孤山翠峦为首，左边是低矮连绵，犹如女性优雅起伏的曲线的天竺山、栖霞岭、南高峰、北高峰的崇山峻岭，仿佛即将融化在月光里一样朦胧消泯，却将其身影逐一倒映在水中。眺望那庄严的身姿，我怎有余力去想象这湖水底部的深浅呢。

"喂，船在这里停会儿吧。"

船划到离湖心亭还有七八百米处时，我忽然说。船老大困惑不解地将操动的橹放下，在船尾坐了下来。画舫像失控的小船，在湖上缓慢地画着圆圈，随波漂荡起来。左舷近旁雷峰塔修长的形影映入水中，好似鳗鱼轻捷地洄游着。其他物象皆静止不动，如果说有动静，那便是塔左侧的高空中，一点点向右挪动的圆圆月影吧。远处孤山山麓文澜阁方向燃烧着的红红篝火依稀可见。侧耳倾听，死寂的底下，不知何处传来了微弱的笛声……

我忽而俯首望向水面，是怎样的一种造化，那般清澈的水底，由于表面像玻璃一样发光，竟也看不清楚了。不过，我还是试图定睛凝视,虽然没有一丝微风,恰如积水被地震撼动,湖面宛如绉绸的细波极其神经质地惶惶打着哆嗦。

我们的船儿再次缓缓划动起来,大约是在过了三十分钟以后,从湖心亭和三潭印月之间穿过,往右望见小岛阮公墩,继而划向将湖分割成东西两半的苏堤。长长的堤坝上随处可以看到桑田,其间点缀着排排杨柳树,树上繁茂地生长着湿润水灵的叶片。相传苏东坡所建的苏堤六桥中,从左边数第一座的映波桥和第二座的锁澜桥虽隐蔽在树荫里,第三座的望山桥和第四座的厌堤桥却在我们船行进的方向形成了弯弓的形状。

"喂,你从那个望山桥的下面钻过去,把船划到对面的湖去。"

"划到那边也没什么可看的。再说对面水浅,湖底长的都是水草,船不容易进去呀!"

船老大露出有些不情愿的神色。

"不容易进去也没关系,能到哪儿就到哪儿吧。"

我这样催促着,于是他勉勉强强把船头掉转向了望山桥的方向。

藤蔓缠绕的古石造拱桥将它的圆弧形如实地投影在水面,船就从那正环中间穿过去。正从桥下通过一半的时候,船底骤然响起了沙沙的聒噪声。原来正如船老大说的,这一带长着茂密的长藻，仿佛被风轻揉的芒草一样随波摇曳，又似耙子般粗暴地抓挠着船底。不过，再前行不到二十米，水藻渐渐稀疏，水又稍稍深了起来。正在这时，离船约莫两米的水中，像是有个白色的东西轻轻地漂浮着，船划近一看，只见这里以藻为褥，横卧着一具女子的尸骸。透明得胜过玻璃的清浅湖水哗哗地朝仰卧着的脸上涌来，月光射穿上头，比在空气中时愈发鲜明地聚焦在她那年轻的消亡的容貌上。女子分明就是从昨天起在火车上、在清泰饭店的阳台上屡屡见到的那个美丽的姑娘。从那紧闭的双眼、交叉在胸间的双手、安详地横躺着的姿态可以判断，恐怕她是下定决心要自杀的。尽管如此，她的表情中没有丝毫苦闷停留，让人不由得怀疑她到底是怎么死的。莫非她并未死去，而是安然熟睡着，脸上绽放着既沉稳又生鲜的光彩。我从船舷上尽可能向外探出半身，将自己的脸凑近死尸的面部。她高高的鼻梁几乎与水面齐平，仿佛气息可以触到我的领口。虽然她的轮廓如雕像般太过生硬，有点美中不足，但因被浸润了，反而显出人特有的柔软。黑暗中，就连苍白的血色也像洗掉了污浊似的，透着清冷的白色。还有那绸缎上衣的青瓷色，也被朗朗的月光夺去了青色，闪烁着如同鲈鱼鳞一般银色的光辉。

忽然发现在她胸间的左腕上，那块今早我也曾看见过的小小的金手表指示着十点三十一分，仍然在生生地镌刻着时间。细微的表针咔嚓咔嚓地走动着，于水中赫然在目，由此可见，这是怎样的一个皎洁的月夜，连读者也不难想象吧……

那天晚上打捞上来的她的尸骸，翌日早晨被暂时安置在清泰饭店的一个房间里。她叫作郦小姐，是一个毕业于上海的教会学校、今年刚满十八岁的少女。根据哥嫂所说，姑娘最近不幸染上了肺结核，为了休养，顺便住进宝石山的肺病医院进行治疗，被两人带到了杭州。可是，性格懦弱的少女，恐怕自己得的是不治之症，因而生了厌世情绪。前一天晚上，她背着两人偷偷吸了鸦片，从望山桥埭将因中毒而麻木的身体沉入了清澈的水底。

我听了他们此番话，不觉想起了和她一样在这湖畔毙命的六朝名妓苏小小。苏墓至今仍在西泠桥旁，慕才亭蔽护着墓茔，四根石柱上刻着如下种种追思薄命佳人的诗句——

　　金粉六朝香车何在
　　才华一代青冢犹存　（叶赫题）

千载芳名留古迹
六朝韵事著西泠[1]
湖山此地曾埋玉
花月其人可铸金　（皮淋集）

桃花流水杳然去
油碧香车不再逢　（徐兰修）

花须柳眼浑无赖
落絮游丝亦有情　（孔惠集句）

灯火珠帘尽有佳人居北里
笙歌画舫独教芳冢占西泠　（平湖王成瑞）

---

[1] 此二句作者实为佚名。

天鹅绒之梦

开端

那幢房子建于古代南宋都城浙江省杭州的城濠旁边,毗邻著名的经西湖水洗涤的葛岭山麓的汀洲。说起杭州,作为中国南方一块风光明媚的土地,自古与苏州共同冠有"上有天堂,下有苏杭"的美誉。而葛岭又是仙人葛洪升天的渊源宝地,虽是一个称之为山不如说更接近丘的低矮山峰,但因全部由嵯峨的岩石组成,展示着俨然有仙人栖息过的神姿。山顶有祭祀仙人的小祠堂,其可爱的屋顶两端有着如同钥匙一样翘起的鸱尾,站在山麓仰视,宛若一只翩然展翅、朝向高空振翅欲飞的小鸟。刚才说过,这所房子位于山脚下,从院子里郁郁葱葱的树木缝隙中隐约可见的楼阁屋顶，正好矗立在山上祠堂的垂直下方。所以如果有人坐在楼阁上，倚靠着回廊的栏杆仰视眼前高耸的山峰，那么就会有一种祠堂仿佛就要掉落在那人头上的感觉——虽说如此，那也只是想象罢了，我并未走进过这所房子。它背靠葛岭，将玲珑的身姿幻影般倒映在水中。我从湖面尽情展望这样的景色，是在两三年前的一个秋末，那时我正从北往南漫游中国，偶然在杭州停留了仅仅一个星期。有幸在那里的领事馆做官辅的S法学士是我的故知，我让他带我去游览湖畔的名胜，便在某个傍晚租了一艘画舫，来到那一带划船。当我们的船钻过白公堤的断桥下面，来到可以望见被称为林和靖遗址的放鹤亭的湖畔时，恰好建在对岸的这所房子的宏伟外观意外地引起了我的注意。

如果我只是略见其外观，或许未必会对它产生特别强烈的好奇心。这所房子虽说雄伟，却也只是普通的中国传统建筑，围着长长的白色土墙，从外表望去，无异于一座周边地区屡屡可见的富贵人家的别墅。然而，当我们的画舫正好划到这栋房子的石崖下面，或许是庭院泉水的流水口，白色土墙之间有一道石闸门，枝繁叶茂的杨柳在这上面映出暗绿的浓影。这时，闸门开启，其间一艘小船仅将它的船头向外露了出来。船头上——起初我从远处眺望的时候，确实没有发现有人在，随着船渐渐接近，才发现有一个女人坐在那里。

女人察觉到我们的时候,仿佛遭到我们的突袭,表情显然不快又有些狼狈,但并没有躲避,而是微微蹙起鲜明如画的浓眉,悠然自得地在闸门的水边展示自己的美貌,反而让人觉得这就是她的反抗。——芳龄十七八,最多也不过二十岁吧。淡紫底子上绣着竹、梅和秋海棠的湖州产中国绉纱制成的衣裳,将她细挑的身段包裹得华美如梦。她在水边站立着,白皙而丰腴的面颊宛若含苞待放的木莲花,浮现在苍茫的暮色之中。也许是因为那儿有柳树遮挡,黄昏显得越发浓重,可是就连她手腕上闪亮的金手镯、耳缘垂吊的翡翠璎珞,我都看得一清二楚。

然而,那个女人让我尤其感兴趣的是,她的表情和体态有着和普通中国女人不同的特征。在这附近一带见到各色各样的上海周边的女人不足为奇,所以可以想象她也就是那各种人中的一个,可无论是她那如漆般乌黑而富有光泽的头发,还是虽窈窕但整体上显得瘦小的身材、黑黢黢而又光亮有神的眼睛,都让人觉得即便是混血儿,也是属于东洋血统大大胜于西洋血统的那一种。尽管如此,只要仔细端详她的双眸,就会发现其中蕴藏着丝毫也不容忽视的伶俐阔达的精神,就是在她纹丝不动凝视着湖水的当儿,她的眼神也如同傍晚的湖面,或明或暗,时刻不停地展示着阴翳的变化。

"哎,你知道刚才的那个女人是什么人吗?"船过了水闸大约百米的时候,转头看着还在原处纹丝不动如同木偶的女人,S发了话。

"那房子是上海一带富豪的别墅,那人可能是他的小老婆吧?反正不像普通人……"

"是的……大致说得没错。那别墅里面有很多一言难尽的事情,跟你说的话,一定是写小说的有趣素材,今天能在这里偶然碰见那个女的,也说不定是有什么因缘吧。不说那个女人,就说和她一起在那个别墅里,享受世人所不知的欢乐的那个男人温秀卿的生活,那个白墙房子里的秘密,简直就像童话故事里才有的宫殿啦、庭园啦什么的,要是一五一十地都说出来,恐怕故事会像《天方夜谭》一样奇谲。我偶然知道了他们的秘密,今晚回到家再慢慢讲给你听吧。——即使不是你要求的,我也想请你一定要听一下。"

S这么说着,好像自己也沉浸在欢乐之中,远远凝望着即将在孤山翠岚影中隐去的那道白墙。

当晚,正如S承诺的,他在自己官邸的一处房间里,向我讲述了温秀卿的故事。

可是我不想把他口述的这个故事全部如实地写在这里,

更愿意借助故事中出现的几个奴隶的话,将他们的陈述依次记载下来。他们的故事形成了一个个独立有趣的插曲,同时又像一颗颗念珠相互串连成圈,其中有着贯穿故事始终的主线。只要读者自始至终耐心地听我娓娓道来,温秀卿和他宠妾的生活场景将尽展眼前。

预先需要说明的是,我朋友S是出于什么缘由听到这些奴隶的陈述的。这些奴隶半数是男人,半数是女人,其中也掺杂了不愿具体透露自己年龄和国籍的人。他们大都是上海附近出生的日本人、中国人、印度人、犹太人、葡萄牙人,或是他们的混血儿,年龄从十二三岁到三十四五岁,是一群容貌也好肉体也好,在什么地方具有蛊惑人的特征的男男女女。他们多数幼时被诱拐,落入人贩子的手中,进而作为奴隶被卖到温家,成为温秀卿及其宠妾的"寻欢工具"。其中一个叫K的日本人,因为难以忍受温氏夫妻极其残忍且非人道的行径,终于在最近将二人告到了杭州宝石山的日本领事馆。由于温是上海万国租界的居民,这起案件不久就被交付该地领事团共同裁判审理。S当时在上海领事馆工作,参与了这个裁判,因此可以详细地听到所有作为证人被传唤到法庭的奴隶的陈述内容。

也就是说,我可以根据S当时的记录,将他们的申诉几乎原原本本地照实发布于此。在他们的故事中出现的种种地名，还有在这些地名里的各种建筑，不知是寺庙、饭店还是宫殿的奇奇怪怪的各种房屋名称，总体上都难以推测是哪个国家的。话说温氏在上海有一座很豪华的宅子，但他始终起卧于杭州的别墅，所以应当把这个故事的舞台看作是以西湖为中心的地方。因而这些不知是饭店、寺庙还是宫殿的建筑以及各种繁杂地名所指的地方，实际上可以想象就是他别墅中的一个组成部分，只是给它们起了诸多时髦的名称罢了。故事的开端就此告一段落，下面就来看看自白是怎么一回事吧。

第一个奴隶的自白

（备注　陈述人是一个出生在上海的十六岁少年，混血儿。他没有透露国籍及父母的姓名。他长着一张瓜子脸，皮肤像浊水一般有着冷峻和润滑的光泽。个儿虽然不高，但双脚修长，优雅的身体包裹在纯白的绸缎天鹅绒衣服里，那浅黄色的容颜和漆黑的头发与如同猫毛似的衣服交相映衬，熠熠生辉。大概是作为狡童或是"Page"[1]被使唤的仆人。）

我是从几岁的时候开始住进那个琅玕洞的呢？我自己

1　小听差、男侍。

完全记不住了，我甚至觉得自己大概就是在那个家里出生的。那个房间之外竟还有这片广阔的天地，一直到最近我连做梦都从来没有想过。我在漫长的岁月里，都是一个人在那个房间里度过日夜的。所以我不知道自己就是姓温的奴隶，至今为止一次都没见过这个人。我只知道每天三次为我送来美味佳肴的看守的男人，还有那个美丽的女王，就这两个人。我一定不是那个姓温的的奴隶，而是那个女王的奴隶吧。

那个房间四周围着墙壁，墙壁又洁白又平整，上面有一个出口，可是关着一扇厚重的板门，除此就只有高处的一个透气用的烟囱孔，没有一扇窗户。外面的光线怎么照进来呢？就只有从天花板射下来。我从早到晚眼睛一直盯着天花板，浮想联翩。为什么那个天花板那么蓝那么亮？那不是巨大的翡翠或是琅玕做的吗？颜色的确如琅玕一样透澈湛蓝，可是比起琅玕，光线显然还是过于明亮了。——湛蓝而朦胧的明亮将光线似梦幻般柔情地反射到四周的墙壁上，照得房间里温馨而朦胧。我曾在那里做过极其细碎的工作，可见室内实际有多么的亮堂。究竟那天花板是什么做的？为什么那里那么明亮？这些是我长久以来的困惑。有一次我就这些困惑问那个看守，看守用特别怜悯的目光看着我的脸，告诉我那天花板是用玻璃作底的池子，而我住的房间就在那个池子的下方。那里之所以那么透澈湛蓝，是因为玻璃的上面装满了清澈的水，水的上面又有一个叫"太阳"的非常明亮的物体，光线便透过水照进了这个房间。我那时是第一次从看守那儿听到这些，听他这么一说，我也就渐渐明白了原来这些是用水和玻璃构成的。因为玻璃上面蓝蓝的水中，常常可以看到不知名称的美丽的红色鱼儿闪耀着金色的鳞光游来游去。鱼儿时而在天花板的玻璃附近翩然翻身向下游，时而又在湛蓝的水间略微闪动尾鳍，忽地窜向上方不见了踪影。我兴致勃勃地等待着马上能看到它们，可直到傍晚也终于未能见到一条鱼出现。

不过我知道，那里确实有很多鱼儿，因为女王来吸鸦片的时候，她的寝床的正上方，必定有无数的鱼儿聚集。不知道是怎样一种装置，鱼儿像是专门等候女王的到来，当她将身子躺到寝床上，不一会儿那天花板处就会一条接一条地，聚集起无数的鱼儿。玻璃擦得没有一点污垢，这些鱼儿将鳞光闪闪的身体重叠在一起，恰如粗大的珊瑚树般形成了鲜红的一团，它们无一例外地摇动鱼鳍，嘴巴翕张。这种情景正是从下方仰视的时候，才看得如同拿在手中一样分明。女王在寝床偃卧，高贵的鼻子如同雕像般朝着上方，那张闭目熟睡的脸和天花板的平面之间，仅仅留下两米的空间。鱼群全然不知就是那道玻璃的界线，把它们游动的水世界和女王安寝的空气世界分隔开来，依然瞪圆珍珠一样的白眼珠，不时为了争夺一片饵食，彼此推开对方，目标对准女王安睡的脸，将头使劲儿撞击着玻璃板，拼命挣扎着。就连畏缩在床头枕边的我，也对眼前的光景看得入了神，更不用说在鸦片梦乡中销魂的女王了，她的眼睛里该有多少不可思议的梦幻色影被唤醒啊！偶尔我发现女王深深紧闭的眼皮上，似有飞蛾触须般长长的睫毛在颤动，和天花板的鱼儿们的尾鳍一样持续着同样细微的运动。即便在这种时候，女王脸上仍旧充满着极其安详的表情，不到一定的时候是不会改变她那娇柔妩媚、如同死体般静寂的卧姿的。她大概是沐浴过温泉后，为了舒展那慵懒的四肢，来到这间水底的房间的，而这个时间总是在下午的一点钟或两点钟左右。并且，来的时候也不带其他人，只身一人偷偷地潜入隐密的男人的房间，甚至听不到衣服的摩擦声，悄悄走近，轻轻叩响房门。于是我把她请到室内，颇为费劲地帮她将筋疲力竭的身子搬运到床上，然后准备好鸦片。我的任务不只是这些，还要在女王昏昏欲睡的时候，在她的睡脸旁放上七宝香炉，一直烧着香，不让烟灭掉。包裹着女王身体的如同雾一般薄的乳白色衣服里已经熏有桂花一样淡淡的香味了，此外又有浓烈的安息香，轻烟袅袅飘升到天花板上群聚不动的鱼儿那里，最终弥漫了整个房间，倒有一种让人胸闷的感觉。这似乎给正在熟睡的女王的鼻子带去了恰到好处的刺激,要是香稍微放少了,女王醒来之后必定会训斥我的。不过除此之外,女王几乎不会和我说话,她总是沉默地走进房间,沉默地贪求着鸦片的美梦,美梦破裂了,又沉默地返回到什么地方去了。她仿佛疲累到连话都懒得说的地步,让人觉得她是一个性情颇为孤僻、郁郁寡欢的人。

对我来说,女王来吸鸦片的时候,是一天中最愉快的时刻。多少年来漫长的岁月,我从早到晚一直被关在那个房间里,没有别的事情可做,日夜苦闷无聊,而对于每天一到下午必定出现的女王,我是多么翘首以待呀!女王的睡眠大抵持续两三个小时,这段时间是我最有生存意义的时间了。我闻着氤氲上升的紫色烟香,时而聚精会神地凝望着女王熟睡的面孔,时而仰视着天花板玻璃上方的鱼群的身影,自己仿佛也体会到了醉梦鸦片的意境。我后来才知道,天花板的水的湛蓝明净之所以时常变化,与其说是因为不同日子里光线有强有弱,不如说是由于空中太阳这颗星球的光源时晴时阴。晴日里光线透过绀碧的水,在房间的四周白壁上描画出粼粼波纹,在如同蜡一样光滑的女王的脸庞上,甚至是紧闭的眼睑上,形成金色的逶迤的蛇形,让人怀疑是否这里也闪烁着鱼儿的鳞光。

有一天，女王照例静静地躺在那里，从七宝香炉升起紫烟缭绕，天花板照旧聚集了无数的鱼儿。但不知为何，不久那些鱼影倏忽被搅得七零八落，鲜红的一团犹如晚霞般消散，继而一条也看不见了。与此同时，只见一条与以前娇小可爱的红鱼迥然有异的大鱼，忽然游了下来。那条鱼浑身白得像猪的肥肉，丝毫不长鱼鳞的鱼皮像琉璃一样细腻光滑，还有那柔软敏捷的全身比起鱼来，更接近蛇这种动物。只是仔细一看，那既不是鱼也不是蛇，而是一个看似比我还年轻的少女。她也和那些鱼儿一样在水中畅游着，在女王熟睡的床上方恋恋地游来游去，忽又将身子潜到水底趴下，仿佛和女王接吻似的，将嘴唇吸附在玻璃板上。

在这之后，她几乎每天都在那里搅乱鱼群，展现身姿，只短暂的一两分钟内，在湛蓝的水的深处漂荡着她的长发，恍惚间又消失了。于是，先前那些可爱的小鱼儿，一条条从四面八方聚拢过来，鱼鳍轻飘飘地重叠在一起，堆积成一片深红，又过了一两分钟之后，少女再次显现，愈加猛烈地搅乱鱼群。就这样，少女和鱼儿轮番前来窥视女王的睡脸。

少女是出于什么目的出现在天花板上方的，这我当然不得而知。不过，当我每天可以在此看到她的身影，我就比以前越发焦急地等待女王熟睡的那一刻的到来了。这种迫不及待又不可捉摸的感觉——啊，怎么说才好呢？——是我生来不曾品尝的、无可比拟而又让人欢喜得落泪的一种惆怅。于是，等待已久的时刻即便来临，我也不再注视女王的睡脸，也不再追逐鱼群的身影，只是一心盼着玻璃对面浮现出少女的身姿。

我第一次懂得了什么叫"恋爱"。在那之前，对于美丽的女王的睡姿，我只是以一种被威严所打动的心情看得入神；而当少女出现时，心中却涌上了一种全然有别于对女王崇拜之情的甘美的眷恋。这并非是对满足于鸦片带来的美梦的那种虚无缥缈、扑朔迷离的情怀，而是一种渴望拥抱她躯体的热切而强烈的欲望。她在此处的生命的跃动，绝不是梦幻，而俨然成为一个事实，使我的爱情之火愈发熊熊燃烧。然而我怎样才能用自己的双臂紧紧将她抱在怀里呢？我怎样才能证明她的出现并非幻影呢？面对天花板玻璃上方的水世界里的她，若无法抓住她的手将她带到我存在的空气世界当中，那她对我而言，就只是幻影而已。我也只能满足于看到她那镶嵌在蓝蓝的琅玕宝玉里的肉体。我听不到她的语言，那般浓密的头发在水中波动，就连其中的一根发丝我都无法触碰。水里圆睁着的、俯视玻璃下方的她那机灵的眼睛，那双比水还要温柔，亮晶晶、水盈盈的黑水晶般的大眼睛，究竟在想什么呢？从那个紧紧吸附在玻璃板上如同蛇莓花的红嘴唇里，能听得见多么美妙的声音呢？我空虚的心沉浸在这样的想象中，仿佛凡间的人类倾慕高空的星辰般仰慕着她的容貌。我除了吐出无力的叹息，别无所为。

可是，我渐渐感悟到，人在心灵与心灵碰撞的时候，不必借助语言，也有自行相通的途径。不知是福是祸，日子久了，从少女的眼神，嘴唇的翕动，还有手、脚、颈项露出的妩媚中，我竟也能感受到她对我有着同样的思慕。啊，那时，我是何等的欢喜和恐惧！先不说欢喜了，说说我的恐惧吧——就是两人的这份恋情，是否会被沉浸在鸦片美梦中的女王察觉呢？女王看上去睡得很安稳，可是这间房里的物象一定幻映在她的眼中。想到这里，我开始担心我们俩会立刻受到怎样的惩罚。当然我是有甘愿接受一切的觉悟的，而要让那个少女承受这样的痛苦，无论是想还是看都难以忍受。少女对于这样的担忧却丝毫不在意，看到女王熟睡以后，总是大胆地摆出媚态，向我投以嫣然浅笑。而一到这个时候，我就会忘记所有的不安，把两手高高举起，朝她的身影打着手势。她向我示爱的动作显然也一天天无所顾忌起来，时而如诉焦虑愁蹙满眉头，鳗鱼般扭动身子，时而又展露出哪怕只是一点点的善意，不断开闭着嘴巴，饶有兴趣地说着我听不见的话，又像是希望听到我回应似的，将长长的脖颈横过来躺下，耳朵挨近玻璃板。

就这样持续了大概一个多月，某一天我和往常一样，一边在安然入睡的女王枕边伺候着，一边凝视着天花板的水，焦急地等待即将出现在那里的少女的身姿。那天天空非常晴朗，太阳的光线前所未有地遍洒水池，将整个房间照耀得如同燃烧了似的明亮，也许因为这个，连水中翩跹游动的鱼影的黑点，都一个个清楚地落在了四周的墙壁和地板上。水的颜色不用说是往常无法相比的，荡漾着浓艳而绀碧的光彩，清澈无比，看上去仿佛白昼的青空落在了那里一样，甚是美丽。片刻之间，我的眼睛捕捉到了向四方仓皇溃逃的鱼群。啊！难道是因为鱼儿和她同住在水中世界，所以才比我这个钟情于她的人儿更加敏感地察知她已经临近了吗！由于鱼儿们报信，我的心跳顿时加剧，浑身的血像火一样燃烧。这样不多工夫，她已经将那袅娜的手脚在水中翻转，悠悠然飘落到了那里。强烈的光线将微弱的鱼影也照得一览无余，她的脊背饱受着光芒，身体将远远大过实际的漆黑的影子扩展开来，以至几乎整个房间都暗了下来，犹如黑云覆盖大地般落到了我的头上。我不由得激动万分，生怕变得意外黑暗的周遭打破女王的沉睡，在小心翼翼窥伺到她的鼻息后，转向如寺院天顶画描绘的天女一样游弋的少女，投去了我恍惚的眼神。

顷刻间,她的眼睛和嘴唇周围浮现出比平时更加灿烂的微笑,像是伸出左右手在招呼我,然而还不到一分钟,眼看着她的脸上呈现出苦涩的表情,手脚开始挣扎起来,忽而仿佛一下子用尽了欢腾的气力,柔软的肉体如同棉花似的蜷作一团,轻轻地漂在水中,进而又像被风追逐的树叶,缓缓地画着两三个圆圈儿,打着转。与此同时,从她的鼻子、嘴巴里源源不断地流出大量的鲜血,将溶化了翡翠的水色染成了鸡血石斑点一样的深红。它又像火焰燃起的漩涡,越燃越烈,越烧越广,将她的身体全部包裹了起来。

我不禁毛骨悚然地望了望身旁的床榻,女王依旧深闭着眼睛,仿佛任何事情都没有发生过似的安静地享受着睡眠。可是就在我依然小心翼翼凝视着她的脸庞的时候,熟睡着的女王的唇边竟然漾起了一丝不可名状的狞笑!那笑宛若开在黄昏的花儿,散发出淡淡的花香。

"啊!"

就在这时,我昏厥过去,倒在了那里。

第二个奴隶的自白

(备注 陈述人是一个十二三岁的少女,出生在山东省海边的一个渔夫家庭。她大概七八岁时被人贩子拐卖到北京的奴隶市场，之后辗转各地，最终被卖到温家的别墅。长着一张圆脸，肌肤细腻，大眼睛，红红的厚嘴唇，是个纯粹的中国女子。四肢发育得极为健全匀称，恰到好处，几乎与欧洲女子无异。且皮肤白皙，有着让人惊叹的光泽。）

我是女王的侍女。我的住处叫麝香园，在宽阔的院子里一个叫玉液池的水池边。池子不大，可真是一个让人喜爱的美丽池子。那是因为池子正好是四方形，池边有一个白得如同杏仁汁一样的大理石断崖，池水一年到头干净清澈，胜过水晶。正方形池子四周是宫殿兰桂堂的回廊，也呈四角形环绕着池子，回廊下有许多廊柱，每一根都挂着鸟笼，并且很多鸟笼里都养着白鹦鹉。我的工作就是喂喂鹦鹉呀，池子里的红鲤鱼呀、金鱼什么的，有时扫扫大理石断崖或是池底，以免池水变得混浊。还有，每天下午大约从两点开始的两三个小时里，我必须负责将红鲤鱼和金鱼尽可能赶到水底。我一到那个钟点，为了不让鱼儿游到上面来，就用棍子慢慢地搅动池面。可是为什么女王吩咐我做这些活儿，我一直都觉得莫名其妙。而且女王决不在白天吩咐我清扫池子，等到晚上漆黑一片，她才命令我去打扫池子。池子虽小，倒是很深，我是在海边长大的，游泳游得不错，我钻到下面去，把积着水垢的水池底擦得如同明镜似的光亮。光洁的底部因为很暗,看不清那是用什么做的,手摸上去,感觉像是用一块正方形板那样平整的、滑溜溜的石头做成的。可是呢,女王为什么总是那么坚持让我擦那块底石?把那块石头擦得那么漂亮,有什么原因吗?或许那不是一块普通的石头,它是用其他物质做的,不擦得那么干净就会有什么蹊跷?我动不动就这么想。尽管女王一次都没有进入过池底,可是一有打扫不干净的时候,她比我还清楚,便会让我再打扫得仔细点儿。这样看来,那里一定藏着什么秘密,而女王是知道的。那里跟普通的池底就是不同。我这么想着,白天就伫立在池子旁边,一直盯着池子底下,可是水很深,一味蓝蓝地、油油地闪闪发光,根本看不到水下面。

"白天绝不可以进到池子里面哦。"

女王这样坚决地制止我,可越是被她制止,我就越想看到池底的秘密。

我清楚地知道,女王白天总是到别的殿去,是不会到这个池子来的,所以趁机就想进到水底去看一次,我始终这么地想着惦着,终于有一天,忍不住钻了进去。可是,你猜怎么着?我以为是石头的底板竟是用玻璃做的,玻璃下面是间地下室,女王在床榻上面睡得正香呢!我虽然也觉得她正睡着不会有事的,但还是急急忙忙浮了上去,生怕被她发现。

但是，我还是被女王发现了。到了晚上，女王到我这里来，说：

"你刚才到池子底下去了吧？"目不转睛地直视着我。

"啊，对，就是你没错。你刚才肯定下到池底来了，我虽然一无所知地躺在那里，但你的样子明明白白地映现在我的梦中，你现在就算隐瞒，我也是一清二楚的。

"女王，请您原谅我吧。我到底违背了您的叮嘱。"

我觉得自己已无法逃脱，做好了心理准备向她道歉，没想到女王却是一副喜悦的神情：

"不，你不用那么赔礼道歉，多亏了你，我的梦比以往做得更美、更奇妙了。以后你就每天在那个时刻到那个池子底下来好了。"

"那么女王，您是做的什么梦呢？"

我这样问道。女王便向我讲述了下面这段有关梦的故事。

"……我总是在那个时刻，到那个叫琅玕洞的池底房间去，边吸着鸦片边带着畅快的心情，迷迷糊糊地做起许多梦来。而被你从上方往下驱赶的红鲤鱼和金鱼，便一齐聚集到那块天花板的玻璃上面，在湛蓝的水中闪烁。有时在我的梦境里呈现出万里晴空中美不胜收的日轮，紧接着日轮忽然变成了大牡丹花,依然在天空的正中央燃烧般地熠熠生辉;有时世界变成一颗巨大的翡翠宝石,里面耸立着庄严的朱漆宝殿,宫殿的楼台廊道里排满了众多攒动的金衣人;有时闪着金边的绯红晚霞在南高峰和北高峰之间透迤,眼看着滚滚向上堆积的云层终于飘摇着消散开来,像棉花似的飘落在寝床上正睡着的我的身上;有时又如红鲤鱼和金鱼的形状在我身体前后左右洄游往复,不知不觉中我也变成了那池底下栖息的一条大鱼,变成了有着奇妙身姿的人鱼,在湛蓝的水中畅游漂浮,和那些鱼儿友好地玩耍度日。可是我今天做的梦,不是这样的,而是一个更加奇异的美梦……

"最初映入我眼帘的是一个可爱的西洋酒瓶。玻璃瓶里装满了一种叫作"胡椒薄荷"的碧绿色的酒,比那天花板上的水还要浓,闪着像绿宝石一样怪谲晶莹的光。那正是我非常喜欢的、甘醇芬芳的薄荷味的酒,我恨不得马上喝上一口,想也不想地就拔掉了瓶塞。刚才还玲珑剔透的瓶子里,此时竟然不可思议地变出了深红的珊瑚树,枝叶就像人张开手掌一样伸展开来!我把瓶子拿到手中,像是忘记了酌饮,久久注视着浸泡在美酒里的珊瑚花。小小瓶子里绽放着小小的珊瑚树!哎呀,这是何等珍奇可爱的玩意儿啊!这样想着,将两手紧抱住脖颈,脸颊贴近瓶子的侧面凝神端详起来。不一会儿,你猜怎么着?在碧绿的酒液中,我不经意间发现除了珊瑚树,还漂浮着一个女孩子!当然,她比瓶子小多了,更比不上珊瑚树,简直就是常人小指头大小的一寸法师,可分明是一个十三四岁的女孩的身段,比身体还要长的浓密的黑发,缠绕在珊瑚的枝丫上,仿佛水蛭在水中翩翩飘舞。说是人,却是一个比跳蚤还小的区区小虫,以至要用放大镜来把她看个究竟,于是我竟深入地看到了那个女孩的面容、手脚乃至一根根手指的指甲,还能数出那长在灵巧眼睛上的整整齐齐的睫毛的数量!尤其觉得可爱的,莫过于那右手的中指和无名指上套着的、世上再也没有比这更小的金戒指,连同那两颗戒指上镶嵌的比蝴蝶眼睛还小的红宝石和蓝宝石都清清楚楚地映入了我的眼帘……"

娓娓而谈的女王说到这里突然陷入了沉默,她抓起我的右手,略微严肃地继续说道:

"啊,那戒指不正是你手上镶着红蓝宝石的这个吗?!我在梦中看到的那双长着漂亮睫毛的炯炯有神的大眼睛,不正是闪烁在你脸上的这双吗?!那个一寸法师的面容和体型,和你缩小了的样子一模一样,我在梦里甚至觉得这是你在和我逗着玩儿呢!"……

于是,我从第二天起,便按照女王说的,每天一到时间，就潜到玉液池的池水下面，为了成全女王的美梦，就连这身上无聊的装饰品，每天都换成各种宝石的簪子、戒指，甚至这耳环、手镯之类的，也都尽量换新的。就这样，当我把脸紧贴在底部的玻璃板，窥视琅玕洞里的时候，女王总是一副熟睡的样子，脸色和那个总是光彩照人的女王判若两人，像死人一样面如土色，让人不忍继续看下去。

我非常想知道自己在水底的身姿是如何日复一日、幻影般出现在女王的梦境中的，可是女王再也没有和我提起过她自己的梦。然而每天从琅玕洞里出来，她会慰劳我说："你辛苦了。"于是我想，在梦里，我一定变成了一个比现实的自己更加美丽的女子给女王以抚慰，并为此感到欢喜。不料有一天，走出琅玕洞的女王虽然照例对我说了一声"你辛苦了"，但是神情似乎不高兴，用一种狐疑的眼光一直盯着我的脸。之后接连好几天乃至十多天，女王一直情绪不好。渐渐地我也明白了其中的缘由，女王一定是因为琅玕洞里的那个美少年才闹情绪的，我一出现在天花板上，那个美少年就总是仰头看着我，时而投以一种依恋的眼神，时而举起两手作仰慕状，显示出种种倾慕我的神态。这些触怒了女王，于是她怀疑我是不是也对那个少年产生了感情——可是，意识到这一点时，一切都已经无法挽回了。之所以这么说，是因为我也在不知不觉中开始寄情于那个少年，到了即使被女王怀疑也无计可施的地步。

至于我的身姿如何成为美丽的幻影出现在女王的梦中，这一点已经激不起我的欢喜。我满脑子思虑的是怎样才能让那个美少年看得欢喜，对女王的斥责已做好了思想准备的我，希望向那个少年表白心里话，哪怕只有一句。可是隔着玻璃板的我的身体，虽然可以通往女王的梦境，却无法向那个少年倾诉衷肠。于是我时常趴在玻璃板上，故意张大嘴唇试探着说：

"我爱上你了。"

可是语言在无声无息中，变成了珍珠似的泡泡，如同成串的念珠，从水中升到了水面。

就这样持续了一个月左右。有一天女王对我说：

"近来你总是让我做美妙的梦，我也感到非常满意，可是今天我要你让我做更加美妙的梦。"

她这样说着，破例地笑容满面，特意用好吃的饭菜犒劳我，又送很多我爱吃的水果和点心奖赏我。

对于女王突然这么珍爱我，我感到有一点说不出的恐惧，可是出于能和那个美少年见面的兴奋，那天我依然兴高采烈地深深地游到了池底。晴明的阳光将水中照射得比往常更加明亮、湛蓝，像温暖的棉花包裹住我的肌肤，我似乎游得打起瞌睡来了。下面的房间里映着我如同蝙蝠一样大的黢黑的影子,幽暗的光线中,女王苍白的睡容和那少年身上白天鹅绒的衣色,使人感觉到仿佛是遥远的彼界景物一样黯淡而恍惚。为何今天琅玕洞里的身影如此模糊不清呢?我心里正纳闷,一边试图移动身体的位置,只为将思念的人儿看得愈发真切,不料我的手脚却像在严寒中冻麻了一般。即便如此,我还是忍耐着紧紧贴住玻璃板,肚肠热得火烧火燎,以前看上去苍白模糊的女王面庞连同恋人的身姿,都在鲜红牡丹似的什么花儿的包裹之下渐渐消失了踪影。

我被下了毒,险些丢了性命。庆幸的是,那方玉液池连接着西湖水,我那变成了尸骸的躯体从女王宅邸的闸门中流出,漂到了孤山脚下的西泠桥底,恰好被一个从那里经过的画舫的船老大救起,重新注入了生的气息。我不愿再次回到残忍的女王那里去了,但当想起在池子底下、白壁环绕的房间里,那个身着白天鹅绒服的美少年时,我也曾想过,即使被投了毒,也要再回去看一眼。

第三个奴隶的自白

(备注 陈述者为二十岁左右的犹太女人。她原本是住在上海四川路某咖啡店的娼妇,由于拉得一手漂亮的小提琴,被温氏看中,最终被骗到杭州,委身在其别墅中。)

我被温先生欺骗,真是受尽了折磨。

他对我说:"你若成为我的妾,我保你一生衣食无忧。"于是我便完全相信他,跟随他一起来到杭州。虽说也住进了豪华的别墅,房间在一个叫作"橄榄阁"的五层塔楼的顶部,可是房间外面上了锁,就与把我关押在里面无异。之所以称这座塔为橄榄阁,据说是因为屋顶瓦呈橄榄绿色。当然这座塔比起南屏山麓的雷峰塔、宝石山顶的保俶塔矮小,但是我可以将西湖的全景尽收眼底,可以朝夕眺望着湖畔的山姿水色,以及湖对面的清波门、涌金门的城墙,消遣无聊的日子。不过,虽然从我的房间可以展望如此宽阔的湖面,不可思议的是,我完全看不到我所居住的这座宅邸的样貌。因为塔临着湖水建在靠近岸边的地方,面向湖水方向的两扇窗户可以自由开闭,朝着宅邸方向的另外两扇却用木门严严实实地封锁着。为何锁着这边的窗户,为何不让我看到宅邸的里面,这些我都无从得知,但从温是个喜欢什么事都偷着乐的人来看,或许是怕我知道了宅子的底细,会从这塔楼逃跑吧。

话说对于宅子里的情况,我能看到的仅仅是极少的一部分。我住的塔楼下面,是一片夹竹桃和桃树林,从春天到初夏会开出淡红色的花朵。从那里往对面是一所正方形的殿堂，殿堂正中央也是一个正方形的中庭，铺着一块同样是正方形的毛毡。听到这里，你也许会觉得很平凡，但那殿堂、中庭和毛毡等逐渐变小的四个角的线条组合在一起，从上俯瞰下去，俨然呈现出均等的几何图形，使人觉得将人工发挥到了极致。其实从这么高的塔上眺望的时候，只要把殿堂的建筑看作和西湖风景共同组成的一幅画面，就会感到人工的美有时竟也超过自然的美，给人以庄严的感觉。于是，我最初以为中庭雪白的石板地上铺的是块毛毡，因为不光它的形状是正方形，它那极尽深蓝的颜色，也使我产生了错觉，而很快我便发觉，那不是毛毡而是个池子。我是怎么发现的呢？在一个月色美好的夜晚，我看到它像一面镜子闪闪发着银光。尽管如此，说它是池子，由于水面有些过于平静，我还怀疑是不是到了晚上，有人将毛毡换成了镜子呢。终于有一天，当我发现有人在深蓝的水中游泳，才证实了这必定是个池子。

不，说实在的，我看到那里有人之后的两三天里，并不能清楚地判断那人是在毛毡上躺着，还是在池子里游泳，可见池水是多么的清澈，能从塔上清楚地望见沉入水底的人影。我曾听说坐在飞机上，可以知道隐藏在海底的潜水艇的位置，现在我想这或许是真的。可是我从塔上俯瞰到的水中人影，无疑比从飞机上远眺到的潜水艇更美。那人的身体，要说是人的躯体却过于白皙，更何况包围着那身体的水又过于湛蓝，甚至让人疑心莫非是飘浮在一碧如洗的天空里的一朵云彩，不知出于什么力量，映照在了塔的下方。

那个人影每天一过了中午就必定会出现在那里，从塔上遥望，小得看似小孩，但也可能是大人。刚才我也曾说过那人肤白如雪，所以我想象，一定是个女的。反正我每天净想着这事，此外无所事事，多半是徒然送走漫长的一天又一天。在上海对我百般娇宠的温先生，自从我被关进这座塔的塔顶的第二天起，就再也没有出现过。取而代之的是一个脸面黢黑，下巴上留着令人生恐的浓密胡须，头上缠着白棉布头巾的印度佣人，一日给我端来三餐。我时常试着向他发话，可他像是听不懂我说的中文和英文，只是露出有点发瘆的微笑，摇着头从螺旋梯走下去。并且即使偶尔传达温先生的命令时，他也绝不开口，而是把写着命令的小纸条，默默地放在我的膝盖上就离开了。

写着命令的纸条上会无一例外地加上"如果不遵嘱照办，就会要你的命"这样恐吓我的话。可是这些任务对我来说并不是什么难事，无非就是从晚上几点到几点，以湖上某个地点出现的红色灯火为信号，演奏某首小提琴曲。

温先生精通西洋音乐，命令书上会因时更换各种曲目。我一旦接到命令，由于塔上没有时钟，就会在黄昏时刻在朝向湖的窗户边放上一把椅子，片刻不离地将乐器拿在手中，紧绷着神经，丝毫不敢大意，全神贯注地盯视着漆黑的水面，等待灯火信号的出现。如果我错过了信号，哪怕只错过一秒钟，按规定我会受到很重的体罚，所以面对广阔湖水的这一端到那一端，我时时刻刻都要定睛细看。不过，好在灯火出现的地点，大都在一个地方，被繁茂的杨柳树遮蔽的岛背阴处的湖心亭和孤山翠岚之间，正好在湖中心的方位，随湖波漫漫摇曳，一星灯火如同烟草的火苗一样微弱地闪烁着。那火闪着红光的时候，我必须持续演奏，红光忽然变蓝了的话，就表示我可以暂时休息一下，直到它再次变红。在暗黑的晚上，留意灯火不是什么费劲的事，可要是在满月之宵，湖面宛如被擦过的银盘一样遍撒皎皎月光，就要很费一番精神了。更何况那是在一艘画舫船头点燃的灯火，随着波浪起伏荡漾，始终在一点点变换着位置飘荡着。

有天晚上发生了这样的事情。那个秋夜天空一片清朗澄澈，月色美好，我照例按温先生指定的曲目演奏完以后，将胳膊肘凭靠在窗户上伫立良久，出神地凝望着外面的风景。我被关在这座塔后没过几天，西湖的山水虽说是从早到晚看惯了的，唯独这天晚上的月亮，把湖畔的风物映现得更加秀丽。我在心里感叹道：杭州这块地方，在中国也是无与伦比的绝景胜地。果真是到了深夜，方才还点亮信号的画舫，不觉已不知去向，连船迹也没有留下的湖面，处处荡漾着耀眼的金色涟漪，如同大海一般渺茫无际。那天晚上我还是第一次这么出神地凝视湖面，仿佛要看个够。只见水色像有灵性似的从底处泛着青白色的光，本应在塔下极远之处的这个湖，眼见着好像逐渐往窗户的方向涌涨上来。

月亮正从南屏山的山头掠过雷峰塔顶，静悄悄地一点点往西移，月影摇晃，天色依旧像湖水一样清澈透明，像是满含了无底的深邃，又像是天空自己陶醉于今晚的月色，恍恍惚惚地掩蔽着人间。

环绕湖水的群山——吴山、望泰岭、南高峰、北高峰，像化在水中的淡墨，渺然消融在远处的天光里。虽说我在杭州住了很久，因为没有跨出过塔外一步，如今眼前飘渺延伸的那些景色，好像是为了欺骗我这幽闭之身的眼睛，才浮现出的一场幻影。纵使杭州绝景冠天下，从塔楼窗户眺望到的此时此景，也美丽得让人难以相信是俗世的造化。从前，葛洪仙人自葛岭的山峰升天，想必也是在这样的夜晚吧——我不由得这么想。在这样的夜晚，的确无论是谁都会回忆起自己的故乡、恋人，而我这个既没有故乡又没有恋人的人，到底还是想起了从前在上海的咖啡厅度过的滑稽有趣的生活。那时候，自由奔放，甚至放荡纵欲，从来没有那么快活过。相比之下，如今被那温先生欺骗，落得如此境地，心里实在是充满了无比的痛苦和伤心！于是就思量起这幽禁之身有没有方法可以逃脱，这塔上有没有可以偷偷出走的小道。这些想法充斥着我的脑袋，让我心烦意乱，我把头探出窗户，塔周围、院子的模样、宅子里面，都尽可能看个遍。幸好是月夜，只要可以下到塔下，就可以轻易逃到宅子外面去了。啊，这高高的塔顶，没有梯子，也没有绳索，怎么下去呢！难道除了这样在这里被关上几年，就一点办法也没有了吗？就在正要死心的时候，我又立刻萌生出逃的念头，心想哪怕逃跑失败注定要死，也比现在这样强，或是干脆从塔上跳下去吧。于是我真的从窗户探出身子，头伸得比先前更远，愈发专注地窥探起宅子内外的情形来。

那时进入我视野的是塔正下方院子里的四方形宫殿和四方形水池。我望着水池，立刻就会想起每天到了午时就在那里游泳的人。对了，那人不在白天是见不到的，而晚上一定住在那水池边的宫殿里吧。我设法从这里把他叫到塔下，向他诉说我的不幸遭遇，假使他有能力救我，真希望得到他的救助。要是从这里只身跳下去，眼看是死定了的。与其盲目冒险，不如依靠那人的助力为好。如果那人和我一样也是个奴隶，他一定会同情我的吧……

我终于下定决心，再次小心侦察周围的情况，深夜宅邸中万籁俱寂，从窗户望出去，院子里、宫殿里连一点灯影都看不到。

可是，水池和宫殿尽管就在眼皮底下，和高高的塔顶还是隔着距离，即使大声喊也并不那么容易，而且叫的声音太大，被其他人听见问起来，好容易定的计划也化为泡影了。我思虑了好久，竟想到了我那平素形影不离、天地间独一无二的我的好友——小提琴。对了，我可以奏响小提琴来代替我自己的声音，借助这位好友的声音来唤起那人的注意吧。这种时候，这位好友一定会助我一臂之力的吧。这样想着，我毫不犹豫地拿起这把乐器，坐到窗槛上，比往常更加高调地拉起了我喜爱的小夜曲。

需要说明的是，我没有温先生的命令是断然不能擅自摆弄乐器的，但现在已经想不了这么多了，这可是我豁出性命也要逃跑的时候，已经顾不上万一要是被发现，会受到何等残酷的惩罚这样的情形了。我只求这曲小夜曲不是进入别人的耳际，而是只让池畔宫殿里住着的那个人听见。我在心里祈祷着，专心致志地演奏着乐器。啊，这会儿那个人一定已酣然入梦了吧？不知道这塔顶上还住着我这么一个人，更是无从知晓我竟如此这般迷恋着那个人，他一定在宫殿一室中安然入寐吧，待这支提琴曲进入那人的梦时，那人又会是怎样的一种心境呢？沉浸在睡梦深处的那人的魂灵，是否会受到小提琴旋律的诱惑而重回现世呢？还是那人的梦境，会因为音乐的美妙被引向更深邃的境地去？但愿这些都不要发生，而是让那人快快醒来，让他为追寻音乐的源头而来到这塔下，我在心里一味这样祈祷着。

如果计划不通，我一定是没命了的，或许今晚将是我最后一次演奏小提琴了。这么想着，我胸中涌起了无可名状的感慨，精神昂奋起来，无法排遣的悲伤心绪自然而然地沿着琴弦，向天空中悬挂着的神秘莫测的月亮方向，向横亘其下的西湖水和森林方向，绵绵不绝地奏响了呜咽般的哀戚。此时我的脸颊上潸潸泪下。我无意中低头朝下，只见从面颊流到下巴的泪，变成珠玉坠落，拖曳黑影，渗透到沐浴着明亮月光的小提琴琴板中。那提琴的琴面上，岂止是泪影，就连我鸣响的那四根弦的影子，也像是用墨画出来的，清晰地映在了上面，当四根弦震颤合一的时候，四只影子也颤动着融为一体。

在月色宜人的晚上演奏喜爱的音乐，这种体验大概谁都会有吧，可是对我来说，在那么美妙的月色中拉小提琴，那天晚上完全是第一次。皎洁的月光照在小提琴的琴板上，也照着抵着它的我的膝盖，我甚至怀疑不是我被月光照耀着，而是我就居住在月亮中！根据中国古代的传说，在很久以前有一个叫嫦娥的妇人逃到了月亮上，至今还在那里生活着。我想，我才是那个嫦娥吧？

要是在往常，这样拉小提琴，必须拼命留意湖上的灯火，可是今晚没有这个必要了，只是我比往常更加留心，更加热忱，定睛关注着宫殿的池畔，等待那一刻的到来。然而，我这个最后的努力似乎也终于落空了，尽管我一直奏响音乐，那个人还是不曾出现。我在悲叹之中，近乎狂乱地、前所未有地、如痴如醉地拉着小提琴，仍然执拗地注视着池面。就在这时，有一个奇怪的物体形状朦朦胧胧地在那里出现了。

奇怪的物体形状？我好一阵子都不知道那是什么。那当然不是我在苦苦等待的那个身影，也不是其他什么人的影子，而是一个发出奇异光芒的光块。月光凝固其上，那如光块的物体从底处朝着宛如银色金属板一样平滑清澈的四方形池面，轻飘飘地浮了上来，顷刻间荡起一片金色的漪涟。倘若真的浮在水面，那一定不是金属，看上去似乎和棉花一样蓬松柔软。此刻在我的视野中，在塔外苍茫的湖山天地之间，除了天空中的月亮，唯独这个物体放着奇谲耀眼的磷光，在水面燎燎晃动，似乎要与月争辉。假如它不在水面如此躁动，我必然会误判它就是映在池中的月影。那它究竟是什么物体呢？如果人的灵魂可以以某种形状显现，会不会就是那个物体那样的呢？——我也曾这么想过。如果那个池子底下有含冤死去的人儿，在这样美丽的月夜，在万籁俱寂的此时此刻，那人的灵魂说不定就会离开尸骸，浮到水面上来。倘若那真是灵魂，如此这般闪闪发光也就不足为奇了……

片刻之间，它像是受到我的小提琴旋律的邀请闯进了这个世界，在一处地方阴惨地漂泊着，在转速缓慢的漩涡里蠕动着。然而不久，当我知道了那并非人的灵魂而是一具尸骸时，我是多么的震惊！是的！因为它发出的光璀璨无比。而且尽管水很清澈，由于浸泡在水里，最初我没能认出它的正体，但随着视觉慢慢习惯了刺眼的光线，渐渐可以看清那上面有手，还有脚。现在想起来，那具尸体像是在我演奏乐器的期间，一点点从池底浮上来的。此刻身体正仰卧着，简直就像仰望着我住着的这个塔顶似的，隐约还可以看出那是一个连脸孔都暴露在外的姿势。之所以那般光艳美丽，是尸体雪白的肌肤浸在水中反射月光的缘故吧。我多次看了看夜空中的月亮，又对比水中的尸骸，竟分辨不出孰是光的本体，孰是反射的一方。尸骸璀璨夺目,直射我的眼眸。如果说月亮不是圆形的,而是有着人形的女神,那么那具尸骸堪比月亮。我刚才把自己比作嫦娥,其实那具尸骸才是嫦娥!那不是人死了的模样,而是从月亮的世界坠入那汪池水的嫦娥的亡躯。

我的想象此时忽然破灭。因为我可以越来越清楚地分辨出来,那看似嫦娥的亡躯竟是我爱恋的那个人的亡骸!啊!我此时的惊愕,是怎样一种惊愕!往常一过中午就在那个池子里游泳的那个人,今夜却变作虚无的亡骸,沐浴着月色,将销魂丧魄的四肢在那里无力地浮现!而皎洁的月光呈现给我的,是比日间的太阳呈现得更清晰的那人的身影!我曾经猜测那人多半是个女人,现在果然证明了我的猜测没有错。是的,那的确是个女人,而且还是个非常年轻的女子。如若不是,她何以有那长长的、浓密的一头秀发?如今已成为亡骸的她,将那总是重重盘卷起来的头发如同水草般地飘展在水中,和那纤弱的身体一起沉浮荡漾。那毛发几乎和身体一样长,晃荡着,伸展着,宛若数条海蛇,在池面上搅动起黄金色的波浪。浸润在水中的柔发,不知哪里是头发,哪里是水波,晃耀着无边无际的金色的细长的光束。在发出金光的物体中,略微粗点儿的、泛出凝脂般光芒的应该是毛发,除此之外,我无法判断头发和水的分界线。这是有着一头浓密的金发的女人!你丝毫不会惊讶我为何称之为月亮女神嫦娥了吧，要是说她是人，才会觉得不可思议吧！此时我越发觉得她的皮肤是何等的洁白！我偶然产生错觉，以为她的尸骸就是一个光块，那也是因为月光降落在她纯白的皮肤上。倘若那肌肤不是如此雪白，为何可以反射出那如同燃烧般的光辉！……迄今为止，我竟然不知道那人是位如此年轻美貌的女子。直到今天中午看到她在水面的身影，我都没有发觉她是如此的美丽。难道是她死去之后，身体里才突然散发出光芒吗？我不由得再次产生怀疑，那一定不是尸骸，而是她的灵魂——尸体不会那样发光，那分明就是灵魂。死后的她的灵魂听到小提琴的乐曲，怜悯我的遭遇，便在池面出现了。我是这么想的。她的死，不用说，对她自己和对我都是一件悲哀的事，而我此时暂且忘记了悲哀，聚精会神地守望着她的尸体。事实上，她的尸身美丽得让人忘记了对于"死"的悲哀和痛苦，反而使人感到，尸体如果可以这般美丽，"死"或许比"生"更令人向往。在她身上显现的"死"不是阴森灰暗的，而是一颗拥有比钻石更加美丽的"永恒的光芒"的宝石。

然而，这颗宝石无法永远安住在这池面，终于它像灵魂出窍，开始朝着某个方向如同流星般划动。

在此之前我忘了说明，四方形的池子和殿堂外围是一片茂密的梅树、槭树和山茶树，树林的尽头便是濒临西湖水的石墙，石墙上延续着这座别墅的边界——白色的围墙，部分围墙上面凿有引湖水通向宅院的水闸。就在这时，那方形水池上面轻飘飘浮动着的光块，不知为何自然而然向外涌动，倏然穿越太空，直往丛生的树林里去了。如果那是一具普通的尸体，不那么光耀夺目，我一定看不见它。尸体进入枝叶繁茂的树林深处以后，依然在林间时而伸长如巨龙，时而缩小如萤火，拖曳着无数青白的光束。至此它已不再是人类的尸骸，而像我刚才几度怀疑的，分明化成了一灵魂——人魂。试想一下，如果浮在水面上的只是一具尸体，它何以弃水而去，钻入林间？若不是人魂，何以有此本领？

是人魂还是尸骸？我在心中久久抱着这样的疑问，凝视着那光的走向。这时它正如深山里的溪涧，在月光的照耀下闪耀流淌，忽明忽暗地穿越树木间，又渐渐离开树林，往先前湖岸水闸的方向靠近了。自水池移动到彼处的光块，正是通过水闸往湖的方向去的，这样看来，水池和水闸间有一条水路，光块并非像人魂那样从林间飞过，而是沿着水路流过去的，难道不是这样吗？我迄今为止未曾发现这条水路，是因为它隐蔽在树林的背阴处，白天是肯定看不到的，而今天能够看到，正是偶然从这里漂过的那具尸骸发出的异彩的缘故。我无暇考量这些,只见光块果然如我想象的,掠过水闸,向广阔的西湖水面悠悠漂去了。

啊!这是世间何等光怪陆离、美丽凄绝的景致啊!那个发出灿烂奇光的死尸像盂兰盆节放流的河灯,无声无息漂到了月夜平滑的湖上,这样的景象至今历历在目。暂且不论是尸骸出于某种意志刻意漂向湖水,还是湖水诱惑了如此美丽的尸骸,我觉得能在塔尖独享这似幻如梦的奇景是一件多么奢侈的事啊。如果是为了观赏今夜的景致才被长久囚禁于此的话,我是决不会感到此身之不幸的。因为我平素的烦恼和苦痛都因今晚的这般景致而消失殆尽了。啊!她没能在有生之年救我出去,却变成尸骸给了我如此慰藉。只要看一看今晚这美丽的尸体、这湖光月色,谁不会忘却今生今世的忧愁而感念天地的永恒呢?我虽为沦落之人,但只要是人,就会为此动情。如果不是我,而是往昔中国的那些大诗人,如李太白,如隐居此湖畔的白乐天、苏东坡,又会作出何等美妙的诗啊!而眼下这具闪烁的尸骸,正是朝着同为湖畔诗人的林和靖——一个传说中以梅为妻、以鹤为子,一生未曾离开过此湖的诗人——的故居孤山山麓放鹤亭的那岸边,仿佛被诗人的灵魂召唤一般,静静地漂过去了。

正当来到亭子下边的时候,发光的尸骸在此停留片刻,有如光的泡沫咕嘟咕嘟地浮动着，不知为何又再次往右转，沿着孤山河岸，漂到了西泠桥墩边，又像是急于钻过桥洞，在桥的对面浮出水面。可是那一带的水很浅，水底生长着几乎和她的头发一样长的茂密的水草，如同无数金色钢丝在闪闪发光，缠绕着发亮的尸骸。水草和尸骸，这两个绚烂的物体且在此争奇斗艳，紧接着又好比熔炉一般熊熊燃烧起来——尽管有种如同冻僵了的冰冷感觉。

尸骸慢慢穿过茂密的水草……约莫过了一个小时……或许是两个小时，终于在对面消失了。直到它消失后，我依然托着腮在窗边伫立良久，一动不动地注视着湖面。就好像是聆听了一首美妙的乐曲，胸中激起恍惚的快感，余音袅袅，我为之震颤。我无心思考那光艳尸体以外的任何东西，也全然忘记自己究竟在这里做什么。

"哈哈，你在沉思什么呢？……"

忽然，听到一阵令人毛骨悚然的沙哑笑声。那个印度仆人从木门背后走了进来，他第一次对我说着中国话，朝窗户这边走来。

"我刚才就知道你在那里干什么，你是在看那具水上漂过的死尸吧？"

我吃惊地瞪圆了眼睛。他依旧笑着，看看我又看看窗外。

"只是已经看不到了……"

印度人自言自语地说道。于是我问他：

"那是什么？为什么会有一具尸体？你知道那是怎么一回事吗？"

"那是在池边的少女的尸体。她因为犯了罪被杀掉了。"

"什么罪？"

"这个不能说，这对你是秘密。你只要知道如果你也犯了罪，你的命运就会和那少女一样。我就是为了提醒你，才登上这塔顶的。要问理由，那是因为今晚你犯了罪。"

他这么说着，执拗地盯着我的眼睛。

"你今晚没有命令就擅自拉小提琴，你不会不知道这是一个多么重的罪过吧？"

"这个我知道，我是下了决心的。我是觉得与其被关在这个塔上还不如死了更好，才拉小提琴的。我曾经想，有感于我奏响乐器的声音，池边的少女或许会来救我，我一心只求这个而舍生忘死。可是它已成了妄想，我期待的少女在我之前变成了一具美丽的尸骸。你一定是奉温先生的命令来惩罚我的吧？……"

"是的，你猜对了，我是奉温先生之命来杀你的。"

"那就请便吧。——不过请将我的尸体和那位少女一样，放入这美丽月夜的湖。现在对我来说这是最幸福的。"

"不，你等等，我很同情你——"

这时那个印度人把手放到我的肩上,用一种安慰的语气对我说:

"我和你一样都是做奴隶的,虽说是主子的吩咐,但我和你又有何仇何怨,要将你杀掉呢?我从刚才到现在,一直被你的小提琴声所打动,想起了遥远的故乡,突然生出从这个宅子逃出去的念头。如果你愿意的话,今晚我就替那个池边的少女,把你解救出去吧。"

"啊,感谢上帝!"

我兴奋之余,竟忘了感谢那个印度人,无意中仰望天空,双手合十。接着又跪下来,紧紧拉住他的双手,不住央求道:

"求求你,求求你救我出去!"

"哎,不用那么着急。不把宅子里好好看清楚,会坏事的呀。来,你过来看看宫殿里的灯熄灭了没有。你还没从这两扇窗户往外看过吧?你打开这里,就可以把宅子看得一清二楚了。"

印度人说着,把两把从未开启过的锁解开,将左右窗户打开来。这时我才知道,一直钟情于月下湖水的我,却不知这里还能看到一番壮丽的光海景象。宽广庭院的林泉周围随处可见蜿蜒相接的众多殿宇,那里楼阁和回廊的灯火多得胜过漫天的繁星,俨然在与月争辉!啊,那些数不尽的灯火每晚都这样闪烁不止吗?而我至今竟没有发觉。

不知道自己居住的这座塔的脚下，原来拥有如此壮阔喧嚣的世界！一心只顾眺望萧瑟湖景的我，见此灯影，越发想念起人烟稠密的城镇来了。方才还作好了被杀的准备，现在却突然不甘心起来，一种无论如何要逃出此塔活命的执念在心中升腾而起。啊，这一执念！正是因为害怕这一执念在我心中萌动，这两扇窗扉才一直被紧紧关闭到今天！

"快点儿，你快点儿带我逃走吧。"

我说着，又一次抓住了印度人的手腕。

"不不，还不行。还没有办法救你。你看那边儿，宅子里到处那样灯火辉煌的，看样子大家都还没睡呢。"

"那你什么时候救我出去呢？宅子里的人什么时候才能睡呢？"

"不知道什么时候。——就像那样，每晚宅子的各个角落都点着灯火闹腾呢。你是怎么也逃不出去了。啊哈哈哈……"

我被那笑声吓住了，回头一看，刚才还满脸胡子拉碴的印度人，不知什么时候变成了温先生。

"啊，温先生，你原来就是温先生啊。你带上那个假胡须一直骗我到今天，你太过分了，简直衣冠禽兽！好吧，我不再求你放我走了，你发发慈悲就杀了我吧。求你了，求求你。"

"不，我才不杀你，你已经受到了比死更重的惩罚，你在看到了那热闹的宅子后，又将被永久地禁闭在这座塔里了。"

说罢，他将我的手甩开，又在两扇窗户上加上原先的锁，走出了房间。顷刻，我昏厥过去，仰身倒在地板上，整个晚上都暴露在清冷的月光之中。

S的记录中还记载着其他七个奴隶的口述内容。不过，为了避免过分冗长就不一一介绍了。在结束这个故事之前，笔者仅将奴隶中一个K氏日本人的事情简单地摘录于此吧。

K说自己的父母是长崎县人，而自己出生在中国——可能是上海吧。父母是死是活也不知道，只记得他在十二岁时成了某家中国商铺的小伙计，以后渐渐堕落成了奴隶。十九岁那年被雇去了温氏别墅，在那里一直侍奉到二十一岁。外表看上去很讨人喜欢，可是性情鲁钝，是个近乎白痴的男子。他在温氏别墅里的工作是做鸾镜宫的看守，据说那座宫殿的内部，天花板和四周的墙壁都是用镜子做的，室内所有的器具——比如桌子、椅子、花瓶乃至屏风一类，不论多么小的东西，其表面都是镜子。只有地板不是镜子。啊不，不能说不是镜子，但和普通的镜子有些不同——那下面满满装着一米厚的水银，上面又有三厘米厚的清冽的水，所以还是一种镜子来着。地板上到处是和水面完全同高的镜台。温氏夫妇有时在那台上招集众多男女一起游乐。K虽说是那里的看守，却极少被允许进入，偶尔被招呼进去，这时主人夫妇就总给他出难题，比如，在短短的三分钟之内，猜出镜子里有几男几女。温氏夫妇是在游兴之余拿K取乐，白痴一样的K在三分钟之内根本猜不出其中有多少人，即使不是白痴可能也很困难：上下左右、四面八方都是镜子，无数的人影无边无际地映照在上面，更何况还要求明确回答有多少男人、多少女人。K常常回答不上来，很多次眼前发黑，晕倒在地。他要是回答错了，就会当场在那些镜子之间，受到各种不同的惩罚：有以残酷为主的，有以滑稽为主的，也有在这里不忍将其细致描绘出来的、五花八门的……当然这也是温氏夫妇游兴的一部分吧。

有天晚上，K苦于忍受惩罚的折磨，偷偷从别墅出来，沿着从杭州到上海的铁路出逃，逃跑途中，在松江的铁桥上不知错看了什么，贸然断定有人在追杀他，跳进了河里，幸好被开往上海的一艘汽船救助，从而达到目的。后来他去领事馆申诉，也是因为同乘一条船的某个日本人的提议。

如此一来，这起事件掀起了一场罕见的裁判，温氏夫妇的秘密也就为天下所知了。